Sir **George Ivan Morrison**,  entre sus incontables adm Morrison, es un cantautor, poeta, productor discográfico y multiinstrumentista considerado por muchos como uno de los creadores más notables del siglo XX en el campo de la música popular. La extraordinaria importancia de su obra ha sido reconocida con sendos doctorados honoris causa por la Ulster University y la Queen's University de Belfast. Ha ganado seis premios Grammy y es caballero de la Ordre des Arts et des Lettres francesa. Su nombre figura en el Rock'n Roll Hall of Fame y en el Songwriters Hall of Fame.

Eamonn Hughes, especialista en historia de la cultura y la literatura irlandesas a quien se confió la edición de esta antología, es profesor de Filología Inglesa en la Queen's University de Belfast, donde también dirige el Institute of Irish Studies.

Van Morrison

Toma interior

Letras escogidas

Edición bilingüe

Van Morrison

Toma interior

Letras escogidas

Selección de Van Morrison
Edición de Eamonn Hughes
Prólogo de Ian Rankin
Traducción de Miquel Izquierdo

MALPASO BARCELONA MÉXICO BUENOS AIRES

Para Shana, Éabha y Fionn

Índice

Prólogo	11
Introducción	15
Nota editorial	23
The Story of Them	24
Gloria	30
My Lonely Sad Eyes	32
Mystic Eyes	34
Philosophy	36
Brown Eyed Girl	38
T.B. Sheets	40
Spanish Rose	44
Who Drove the Red Sports Car?	48
Send Your Mind	50
The Back Room	52
Joe Harper Saturday Morning	56
Madame George	60
Slim Slow Slider	66
The Way Young Lovers Do	68
Moondance	70
Into the Mystic	74
Brand New Day	76
Crazy Face	80
I've Been Workin'	82
Blue Money	84
Street Choir	88
Tupelo Honey	90
When That Evening Sun Goes Down	94
Jackie Wilson Said (I'm in Heaven When You Smile)	96
Gypsy	98
Listen to the Lion	102
Saint Dominic's Preview	106

Snow in San Anselmo	110
Warm Love	112
Hard Nose the Highway	114
Wild Children	118
The Great Deception	120
Bulbs	124
Comfort you	128
Come Here my Love	130
Cul-de-Sac	132
It Fills You Up	134
Cold Wind in August	138
Kingdom Hall	140
Wavelength	144
Bright Side of the Road	148
Rolling Hills	152
And the Healing Has Begun	156
You Know What They're Writing About	160
Summertime in England	164
Celtic Ray	176
Dweller on the Threshold	178
Beautiful Vision	182
She Gives Me Religion	184
Cleaning Windows	186
Higher Than the World	190
River of Time	192
Cry for Home	194
Rave On, John Donne/Rave On, Part Two	196
Tore Down à la Rimbaud	202
Got to Go Back	206
In the Garden	210
One Irish Rover	214
Foreign Window	216
Tir Na Nog	220
I Forgot that Love Existed	224
Someone Like You	226
Alan Watts Blues	228
Did Ye Get Healed?	232
Irish Heartbeat	234
Whenever God Shines His Light	236
Have I Told You Lately that I Love You?	238
Coney Island	242

Orangefield	244
These Are the Days	246
So Quiet in Here	248
In the Days Before Rock 'n' Roll	252
Memories	256
Why Must I Always Explain?	258
See Me Through, Part Two	260
Take Me Back	262
All Saints Day	268
Hymns to the Silence	270
On Hyndford Street	274
Too Long in Exile	278
Wasted Years	282
No Religion	286
Songwriter	288
Days Like This	290
Fire in the Belly	292
Burning Ground	296
Sometimes We Cry	300
Not Supposed to Break Down	302
Madame Joy	306
Naked in the Jungle	310
The Street Only Knew Your Name	312
Show Business	316
Philosopher's Stone	322
High Summer	324
Choppin' Wood	328
What Makes the Irish Heart Beat	330
What's Wrong with This Picture?	332
Somerset	334
Meaning of Loneliness	336
Stranded	338
Pay the Devil	340
This Has Got to Stop	342
End of the Land	346
Song of Home	348
Soul	350
Mystic of the East	352
Agradecimientos	355
Índice de títulos y primeros versos	357

Prólogo

Me puse a escuchar a Van Morrison en una playa de Scarborough azotada por el viento.

Me gustaba lo que había escuchado hasta entonces, pero tampoco era mucho. Estábamos en 1989 y la vida era dura: un piso en Tottenham que compartía con mi esposa y un gato; una carrera de escritor no del todo boyante; un trayecto de noventa minutos a mi trabajo como crítico en una revista para melómanos, empleo que ejercía en un sótano tenebroso de Upper Norwood. Una mañana, mientras me abría paso a codazos hacia el tren, sentí que el corazón me iba a estallar. Sudaba y temblaba. Se me disparó la adrenalina. El tren partió sin mí y me dirigí a la consulta del médico. Ataque de pánico, dictaminó. Si puede, váyase un tiempo de Londres. En la maleta apenas metí cuatro cosas, entre ellas mi *walkman* y una docena de casetes de Van Morrison: su discográfica estaba reeditando sus primeras obras y me había enviado unas copias para que las reseñara. De Tottenham Hale a la estación de King's Cross y de allí a York, donde permanecí en el andén contemplando el panel de salidas. Nunca había estado en Scarborough. Billete, tren y, al final, un hostal sin vistas abierto fuera de temporada. Me pongo los cascos y me encamino hacia el desierto paseo marítimo con *Veedon Fleece*, *Saint Dominic's Preview*, *Hard Nose the Highway*...

Sus canciones contaban historias protagonizadas por algunos personajes y había cierta reflexión. Una búsqueda de lo espiritual en lo ordinario, la esfera personal dilatándose en una dimensión universal. Sonreí con lo de «chamois cleaning all the windows» [gamuza que limpia todas las ventanas] tratando de pensar en otro gran letrista capaz de empezar una canción evocando una tarea tan cotidiana. Los cristales de las ventanas están necesitados de una buena limpieza o se trata de una absoluta falta de claridad. Entre la poesía, había espacio para el desencanto y la rabia. «The Great Deception» abordaba cuestiones como la política, los ideales espurios y la industria discográfica. Era una música repleta de visiones hermosas, cantada con pasión y un fraseo inmaculado por un cantante tan mundano como arraigado a una crianza y paisaje específicos. Mi esposa había crecido en el Belfast del periodo más conflictivo, de modo que pude reconocer algunos nombres de calles y ciertos parajes de la campiña irlandesa. Claro, no tenía idea de lo que pudiera significar «hard-nosing the highway»,* pero empezaba a intuirlo.

Cuando Van Morrison cantaba sobre permanecer en el umbral, me di cuenta de que podría estar hablando por todos nosotros, suspendidos entre lo que ya habíamos experimentado y lo que nos aguardaba. Yo trataba de envalentonarme para dejar mi trabajo y dedicarme a escribir a tiempo completo, para abandonar Londres y viajar. Quizá aquello supusiera el fin de los ataques de pánico: no lo sabría hasta que diera aquel paso más allá del umbral. Entre tanto, me arrebujé contra el embate de los elementos y, cuando la música se detuvo, saqué una cinta y puse otra. Melodía y arreglos espléndidos, impecables dotes musicales y aquella voz inimitable... la letra era un factor vital del conjunto, incluso cuando el sentimiento expresado era un llano y jubiloso «I'm in heaven when you smile» [Estoy en el cielo cuando sonríes].

En cualquier caso, tras unos días solo, tuve que regresar a Londres, donde mi esposa y yo empezamos a planificar nuestra huida. Casi treinta años después sigo teniendo esos casetes, además de los cedés y algunos vinilos. (Y a mi esposa.) Y Van Morrison ha seguido escribiendo con talento poético, pasión y lucidez. De «Mystic Eyes» (1964-1966) a «Mystic of the East» (2012), pervive un elemento espiritual y sigue contando historias que bullen de personajes y peripecias, así como de apuntes de viaje y de la apreciación de los placeres sencillos de la vida: el amor, la amistad, tomarse una copa en paz, los espacios desiertos y silenciosos. En «Songwriter» (1995) implora a su público: «Please don't call me a sage, / I'm a songwriter» [No me llames sabio, / sólo soy un cantautor]. Y así es, pero no todas las letras de los cantautores destilan tanto embrujo al despojarlas de la música. Sus palabras trazan su recorrido vital, de Belfast a Boston y más allá. Sentirás que lo conoces más después de leerlas.

* Vendría a ser algo así como «emplearse con ganas», «ir a por ello». *(N. del T.)*

Mejor aún, te llevarán de vuelta a su música, música que sosiega el alma, tal como me ocurrió a mí en aquella gélida playa de Scarborough durante aquella semana de 1989 en que mi vida cambió para siempre.

Ian Rankin

Introducción

Todo escritor solvente crea su propio mundo. Sin duda alguna, Van Morrison lo logró con su música, que, según expresó el dramaturgo Stewart Parker, es una «amalgama de estilos urbanos que Morrison ha hecho suyos». Este libro existe porque Morrison también ha creado un mundo hecho de palabras. Es un mundo de callejones y misteriosas avenidas teñido por recuerdos de asombro infantil y trabajo adulto; es un lugar en que el tañido de las campanas y el sonido de la radio rompen un silencio asfixiante por momentos, espiritual en otros. Es un mundo generosamente poblado (en todos los sentidos de la expresión), aunque nunca se omiten la soledad y los beneficios de estar «tapado por las nubes». Un mundo donde existe el amor, tanto divino como terrenal, aunque quizá no dure. Se trata de un lugar de duro trasiego, pero también de consuelo, alivio y sosiego. Un mundo colindante con el río y las vías del tren, fronteras a la vez que medios de transporte. El río y el tren son elementos claves en el código de la música popular del siglo XX, aunque, en su oposición a lo natural y lo manufacturado, se hacen eco de la famosa definición de Belfast que hizo Louis MacNeice (él mismo tan influido por diversas formas de música popular) como enclave sito «entre las montañas y los astilleros». Así pues, Belfast resulta un nombre tan oportuno como otro cualquiera para el mundo que hallamos en las palabras de Morrison, pero, tal como sucede con la poesía de MacNeice y las obras de Parker, aunque la ciudad irrumpa como un lugar real, acaba siendo más importante como ámbito de la imaginación. Como tal, no se ve confinado a la ciudad así llamada sino que deviene un territorio que puede dilatarse y contraerse según dicten las necesidades creativas.

Este volumen consta de aproximadamente una tercera parte de la obra de Morrison compuesta a lo largo de una carrera de cincuenta años y pretende ser una selección representativa de dicho trabajo. Empieza y concluye con versiones de Belfast: «The Story of Them» y «Mystic of the East». Ambas arraigan en la ciudad en la que Morrison nació y creció y a la que ha regresado. Con todo, esos meros datos biográficos no cuentan mucho sobre cómo Belfast va haciéndose y rehaciéndose a lo largo de su escritura. El Belfast que ha aparecido en tantos titulares a lo largo de la vida de Morrison ha generado también un buen número de notables escritores durante los últimos cincuenta años y Morrison, como autor que no se ha limitado a describir su ciudad sino que la ha perfilado y moldeado para sus propios fines artísticos, bien puede codearse con todos ellos.

«La historia de Them», una de las letras más tempranas que recogemos, demuestra cuán pronto estaba ya dedicado a dicha tarea y con qué grado de originalidad. Traza un mapa de la ciudad como ningún otro artista lo había hecho hasta entonces (y muy pocos lo han hecho desde entonces). Se trata de una letra escrita desde el momento evocado que muestra una versión de Belfast jamás registrada: es un Belfast donde el desplazamiento desde Spanish Rooms a Falls y el Maritime Hotel, apenas alejado del centro urbano, no respeta división sectaria alguna. En su lugar, en esta versión de Belfast, el pelo largo y el aparente desaliño son las características que marcan la diferencia: Belfast es una ciudad zonificada por la música. Aunque todo ello se pueda antojar baladí —toda la música popular ha recurrido, al fin y al cabo, a los nombres de lugares—, durante la posguerra, unos años en que Estados Unidos empezó a exportar nuevas y estimulantes formas musicales, resultaba difícil, en la orilla oriental del Atlántico, no asociar la originalidad y el brío de esa música con los lugares que le eran propios. Así pues, los nombres van desgranándose en la música mientras ésta se desplaza de Mississippi a Chicago, de Kansas City a Broadway, de Menfis a Detroit, de Nueva Orleans a Nueva York. Lo que Morrison comprendió antes que casi todos los demás era que tales lugares no resultaban remotos para quienes escribían sobre los mismos: se trataba de las calles, los ríos, las ciudades y los paisajes que se abrían ante las puertas de sus casas. Eso suponía comprender aquellos lugares de aquella música popular no como partes de un paisaje exótico propio de aquel Estados Unidos glamurosamente extranjero sino como los lugares no siempre acogedores en los que la vida es vivida y esa misma vida halla su expresión. Visto así, el blues puede desenvolverse por Royal Avenue con la misma facilidad con que lo hace en Mississippi o en Chicago. Morrison, pues, se adelantó a muchos de sus coetáneos —Lennon y McCartney, Ray Davies, Jagger y Richards— al dar un tratamiento lírico a su propia ciudad. (No hay que olvidar que Chuck Berry escribió sobre Liverpool antes de que lo hicieran los Beatles.) Afirmar que Morrison inventó el delta del río Lagan se antojaría improbable hasta que uno recuerda que Belfast es una ciudad de varios ríos —los ríos Beechie, Connswater y Lagan aparecen en sus canciones—, a los que se aúna una variedad musical que fluye por sus calles, según las imagina el propio Morrison. Esta intuición sobre el lugar resulta mucho más significativa cuando uno piensa en la historia de la poesía de Belfast e Irlanda del Norte. La historia de dicha poesía suele entrañar la búsqueda de pioneros que permitan, ante la presión que ejercen los grandes centros metropolitanos, servirse del terruño a efectos imaginativos y, así, Seamus Heaney remite a Patrick Kavanagh, del mismo modo en que Paul Muldoon remite a Heaney. Morrison, bajo la notable presión cultural de una emergente cultura popular de cuño norteamericano, asimila en sus propios términos el valor de su lugar y se ve así capaz de dar voz a la experiencia del mismo.

Nada de esto viene a decir que Belfast sea un reducto encerrado. Al igual que cualquier lugar vívidamente imaginado, cuenta con sus rasgos específicos, pero resulta permeable a cualquier cosa que la creatividad precise. Puede ser tan reducido como un cuarto o un patio trasero o tan espacioso como un umbral desde el que maravillarse. Incluso mientras apuntalaba el derecho del auténtico Belfast como enclave apropiado para sus letras, Morrison ya empezaba a ver a través del mismo y más allá. Belfast es el primer apeadero de los aspectos visionarios de la literatura morrisoniana, que se desplaza de lo cotidiano a lo extraordinario; desde sus primeros escritos, los simples callejones pueden convertirse en misteriosas avenidas. Al verse transformada por el enfoque cotidiano, la ciudad cede a cierta forma de pastoral urbana. En eso debemos también comprender que lo visionario viene a ensalzar y celebrar esa dimensión cotidiana.

Belfast se filtra asimismo a través de numerosos estilos de canción. Las pautas que rigen las letras del blues son distintas de las de la balada soul como distintas son las pautas de los temas country-and-western, por poner sólo tres ejemplos. En este volumen, dichos estilos deben verse en los formatos diversos que la letra revela sobre la página, desde la brevedad y repetición de «Mystic

Eyes», pasando por las marcadas variaciones de «Summertime in England» y el modo en que la sección hablada de «See Me Through Part II» deriva hacia la regularidad del modelo hímnico, hasta la formalidad gráfica de «Songwriter». Cada estilo de canción responde a imperativos diversos, satisface necesidades distintas. En cada caso, el escritor debe equilibrar la necesidad de apegarse debidamente a la convención para mantener reconocible el estilo, al tiempo que desafía y fuerza tales convenciones. En el caso de Morrison, la canción popular, en cualquiera de sus formas, se ve constantemente forzada y desafiada: el objetivo, parafraseando a Seamus Heaney, consiste en hacer que coma algo que nuca cató. Debido en parte a que tantas de las formas en las que trabaja están, como bien sabe, hondamente arraigadas, la voz de Morrison revela a un tiempo madurez e interés por temas que van más allá de los considerados propios de la canción popular.

En ningún caso, pues, podemos decir que su temática se ciña a un ámbito específico. Recurriendo a Belfast (y, más tarde, a otros enclaves norirlandeses), las letras de Morrison van en dos direcciones: ahondan en y se remontan a orígenes y recuerdos, a la vez que se proyectan en oleadas hacia otros lugares y hacia aquel territorio que trasciende el lugar. Por una parte, los detalles de su ciudad se vinculan con muchas de las músicas que escuchó allí por primera vez. Músicas tanto locales (bandas formadas por miembros de la Orden de Orange, bandas formadas por miembros del Ejército de Salvación, góspel y cánticos de alabanza, himnos y folk), como norteamericanas (jazz, blues, rhythm and blues, góspel y soul). En cualquier caso, el intercambio entre Norteamérica y Belfast se remonta a mucho tiempo atrás. Los emigrantes irlandeses, con su música a cuestas, llevan siglos asentándose en Norteamérica, y Belfast fue una de las primeras ciudades donde el recién formado Estados Unidos postrevolucionario abrió un consulado comercial. En el periodo de posguerra, como uno de los niños de la guerra, Morrison experimentó íntimamente este vínculo por medio de discos (la colección de su padre ha adquirido una importancia casi legendaria) y, de manera más intensa, a través de la radio que, bajo nombres distintos —«inalámbrica», «ondas» y «éter» son algunas de sus denominaciones en las canciones—, constituye uno de los rasgos recurrentes del cancionero de Morrison. Se trata siempre de una presencia cercana y reconfortante: en «T. B. Sheets», gran canción, la radio pasa a ser el único consuelo posible: «I turned on the radio / If you wanna hear a few tunes, I'll turn on the radio for you / There you go, there you go, there you go, baby, there you go» [Puse la radio / Por si quieres escuchar canciones, te pongo la radio. / Ahí va, ahí va, muy bien, nena, muy bien]. En las canciones de Morrison la radio no es la voz de ninguna autoridad remota sino una presencia íntima que ofrece música de muy variados lugares (música norteamericana a través de emisoras europeas), muchos de cuyos rasgos, lejos de oponerse a la «cultura de la escuela dominical» asociada con las variedades musicales locales, tienen sus raíces en esa misma cultura. La radio y sus derivados representan formas de conexión, tanto de recepción como de transmisión. El mundo exterior irrumpe a oleadas y se retira luego en un movimiento de contracción y expansión.

Morrison reconoce que la música legada por la radio y los discos está emparentada con la música de las calles, las iglesias y los oratorios de chapa metálica propios de su infancia, y ello le permite destilar la ciudad en sus componentes abstractos —tales como el tren y el río (por tomar el título del tema de Jimmy Giuffre en *Jazz on a Summer's Day*)— y explotarlos para componer un paisaje más vasto. También Belfast puede reformularse como territorio simbólico, hasta mitológico, y, así, Belfast es un lugar en expansión permanente, cuyos límites y fronteras se tantean y son puestos a prueba. Cuando el escenario de las canciones se desplaza a otros lugares —Londres, Buffalo, Boston, San Francisco, Inglaterra en verano— no que es no tengan nada nuevo que ofrecer, sino que se revelan como ya familiares, conocidos de antemano y aceptados por lo que puedan añadir al ámbito imaginario. Para cuando compuso «Saint Dominic's Preview», por ejemplo, «las cadenas, placas, banderas y emblemas» de Belfast ya se contemplan bajo el mismo prisma que el tópico cruce de caminos del blues o la aullante locomotora del country: «And for every cross-country corner / For every Hank Williams railroad train that cries / And all the chains, badges, flags and emblems...» [Y por cada rincón campestre / Y por Hank Williams que gime en sus trenes, / Las cadenas, placas, emblemas, banderas...]. En los fantasiosos encuentros de Morrison con Belfast, esta ciudad tiene, por tanto, una cualidad expansiva y, aunque no cabe pensar que todas sus letras se localicen en la ciudad y su entorno —la habitación de «Gloria» o la «vieja tumba» de «Mystic

Eyes» podrían estar en cualquier lugar—, la capital sigue siendo su enclave fundacional, el lugar donde la música sonó en primer lugar y posibilitó así la expansión hacia las demás localizaciones. De este modo, cuando las letras de Morrison viajan fuera de Belfast, «de camino a Caledonia», por decir algo, dicho desplazamiento apunta hacia un territorio mítico panescocés y carga a su vez con el recuerdo de la «Caldonia» de Louis Jordan (canción que Morrison versionó). Las letras viajan también hacia paisajes norteamericanos más reconocibles, pero sin expresar un asombro excesivo ni ofrecerlos en su magnificencia por un presunto interés vinculado a la falta de familiaridad. De hecho, se da un sentido de familiaridad casi paradójico que arraiga en un conocimiento previo derivado de la música y la literatura absorbidas inicialmente en Belfast: «I Heard Leadbelly and Blind Lemon / On the street where I was born / Sonny Terry, Brownie McGhee and / Muddy Waters... / I went home and read... / Kerouac's *Dharma Bums* and *On the Road*» [Escuché a Leadbelly y Blind Lemon / en la calle donde nací. / A Sonny Terry, Brownie McGhee / y a Muddy Waters. / Ya en casa me leí... /... de Kerouac, *En el camino* y *Los vagabundos del dharma*...]. Las canciones norteamericanas, llamémoslas así, pueden de esta manera codearse con la pastoral norteamericana del Bob Dylan de las *Basement Tapes* y los primeros álbumes de The Band. Al igual que ellos, por más que él venga de mucho más lejos, Morrison comprende las hondas raíces de dichas canciones y sabe que la dulzura de la miel de Tupelo [«Tupelo Honey», tema de Morrison] gana en sabor gracias a la amargura del blues de Tupelo [«Tupelo Blues», tema de John Lee Hooker].

Otro factor que informa las letras en este estadio, a pesar de las tentaciones de la pastoral norteamericana, es el rechazo taxativo de las comodidades facilonas de una contracultura poblada por quienes en última instancia están «decididos a no sentir el dolor ajeno». Las lisonjas y los engaños del negocio musical son blanco frecuente y justificado de las canciones de Morrison, distracciones de su verdadera tarea como *songwriter*, una tarea que, al igual que limpiar cristales en su juventud, consiste en ser «un trabajador en la flor de la vida». Contra las prácticas trapaceras del negocio musical, debemos valorar la generosidad de las letras de Morrison, pobladas por un elenco de influencias formativas, iconos culturales y coetáneos. Cualquier lector de estas palabras puede adquirir una extraordinaria educación musical al registrar simplemente los nombres de otros músicos y cantantes. Lo que la mayoría de esos nombres tienen en común es el hecho de que, ante un mundo afilado y a menudo castigador, buscan modos de expresar tanto los detalles de dicho mundo como de alcanzar algo más allá del mismo. Tales figuras pueden adscribirse al blues, el soul o el rocanrol, pero sus orígenes suelen remitirles a cierta forma de música sacra. En consecuencia, en su música, se advierte una tensión que parece no resolverse entre la celebración de las alegrías que puedan darse en un mundo áspero y secular y la lucha por expresar algo que trasciende ese mundo. Si pensamos en los muchos nombres literarios que salpican canciones como «Rave On, John Donne», advertimos que estos escritores aparecen citados porque comparten esa indecisión entre lo sacro y lo pecaminoso.

Por más específicas que resulten sus canciones, por muy ancladas que estén en este mundo, existe siempre ese elemento de búsqueda en pos de lo que permanece más allá. Lo vemos ya de entrada en «Mystic Eyes» (y el nombre de «Gloria», ¿acaso alguien cree que fue elegido al azar?; al igual que en las mejores canciones del soul, existe una ambigüedad persistente en el vaivén entre lo sacro y lo secular de muchas de las letras de Morrison) y se extiende en todo su cancionero. Algunas de las canciones incluidas aquí expresan un vago anhelo de algo difícilmente expresable. Otro rasgo de su escritura es cuán a menudo tantea el silencio. El tema «On Hyndford Street» destaca no sólo por su interés por los sonidos de Belfast sino también por sus silencios. Si la música de Morrison constituye un complejo de los sonidos urbanos que aparecen aquí (Radio Luxemburgo, las vías férreas, campanas dominicales, Debussy, «susurraban las voces de madrugada en el río Beechie»), podemos decir que sus palabras tratan de captar una suerte de silencio palpitante. Cualquiera que haya visto tocar a Morrison en vivo sabe que interpreta con todo el rango dinámico del que dispone: su banda y él pueden pasar del rugido a pleno pulmón a un pálpito quedo, como si trataran de interpretar el propio silencio. Y también sus palabras aspiran a esa imposibilidad: el silencio las recorre. Lo vemos en la última de las letras aquí presentes, «Mystic of the East»: «No veo razón para hablar». Pero esta canción nos devuelve también a las calles de «Cleaning Windows», en las que aparece ganándose el pan y, ya libre del trabajo manual, interesado en el misticismo, la música y la literatura. Si Belfast es conocida por su violencia política y, antes que eso, por su condición de ciudad industrial, las palabras de Morrison brindan una alternativa a la primera y un atisbo poco común de la segunda: los testimonios escritos sobre el trabajo físico no suelen abundar. Pero lo que también sugieren es que incluso un paraje tan aparentemente poco halagüeño como el este de Belfast, el territorio de Morrison, puede presentarse como ámbito potencial de gozo espiritual. Tomadas en su conjunto, las palabras de Morrison brindan todo aquello que uno busca en una canción popular, pero también mucho más.

Es tarea de otros interpretar los detalles de estas canciones como crean conveniente y valorar los méritos de tales interpretaciones. A pesar de la tentación que he sentido de plasmar en estas páginas mis propias interpretaciones, lo que he intentado ofrecer aquí es un mapa del mundo lírico de Van Morrison. Algunos lo encontrarán útil, espero, como guía para distintas facetas de ese mundo. Otros hallarán mayor placer e instrucción adentrándose sin más en este terreno expansivo, fértil, densamente poblado, con su crudeza, sus visiones, sus anhelos y pérdidas y el sentido de plenitud. Cualquiera que sea el método que uno decida seguir, todos podemos, en este volumen, seguir las palabras mientras «se aceleran... sobre la página impresa».

Eamonn Hughes

Nota editorial

Como es habitual en las ediciones bilingües, la versión castellana de estas letras no aspira a recrear todos los recursos formales del texto original. Hemos procurado conservar la cadencia poética de Van Morrison sin forzar, por ejemplo, rimas o metros artificiosos que inevitablemente nos alejarían de los «significados». Así pues, las letras traducidas sólo actúan como instrumentos para entender verso a verso el sentido de las originales en la medida en que ello es posible. De acuerdo con este criterio, hemos optado por no adaptar el formato o la puntuación del nuevo texto a las convenciones (relativamente) normativas de la poesía moderna en castellano.

THE STORY OF THEM

When friends were friends
And company was right
We'd drink and talk and sing
All through the night
Morning came leisurely and bright
Downtown we'd walk
And passers-by
Would shudder with delight
Mmmmmm
Good times

At Izzie's, man
All the cats were there
Just dirty enough to say
'We don't care'
But the management had had complaints
About some cats with long, long hair
'Look, look, look'
And the people'd stare
'Why, you won't be allowed in anywhere'
Barred from pubs, clubs and dancing halls
Made the scene at the Spanish Rooms on the Falls
And, man, four pints of that stuff was enough to have you
Out of your mind
Climbing, climbing up the walls
Out of your mind
But it was a gas, all the same
Mmmmmm
Good times

Now just right about this time with the help of the three Js
Started playin' in the Maritime
That's Jerry, Jerry and Jimmy
And you know they were always fine
And they helped us run the Maritime
And don't forget Kit

LA HISTORIA DE THEM*

Cuando los amigos eran amigos
Y la compañía era buena
Se bebía charlaba y cantaba
La noche entera
La mañana despuntaba apacible y luminosa
Caminábamos al centro
Y los transeúntes
Se estremecían complacidos
Mmmmmm
Buenos tiempos

En el Izzie's, tío
Se juntaba la peña
Lo bastante sucia para decir
«Que os den»
La dirección recibía quejas
Por algunos tipos y sus melenas
«Mira, mira, mira»
Y la gente miraba
«Eh, que así os quedáis en la calle»
Vetados en bares, clubs y salas de baile
Se presentaban en el Spanish Rooms de Falls
Y, tío, cuatro pintas de aquello bastaban
Para perder la cabeza
Te subías por las paredes
Perdías la cabeza
Aunque menuda fiesta
Mmmmmm
Buenos tiempos

Ya por entonces con la ayuda de las tres jotas
En el Maritime nos pusimos a tocar
Con Jerry, Jimmy y Jerry
Los tíos siempre se salían
Y ayudaban a llevar el local
Y no olvidemos a Kit

* Este ambiguo título podría traducirse como «la historia de ellos», pero Them fue el grupo al que perteneció Van Morrison entre 1964 y 1966. *(N. del T.)*

Boppin' people on the head and knockin' them out
You know he did his bit and all
Was something else then
Mmmmmm
Good times

Now people say, 'Who are,
Or what are,
Them?'

That little one sings and that big one plays the guitar with a
Thimble on his finger, runs it up and down the strings
The bass player don't shave much
I think they're all a little bit touched
But the people came
And that is how we made our name
Too much, it was
Mmmmmm
Yeah, good times

Wild, sweaty, crude, ugly
And mad
And sometimes just a little bit sad
Yeah, they sneered and all
But up there, we just havin' a ball
It was a gas, you know
Lord
Some good times

We are Them, take it or leave it
Do you know they took it?
And it kept coming
And we worked for the people
Sweet sweat
And the misty, misty atmosphere
Gimme another drink of beer, baby
Gotta get goin' here
Because it was a gas
Lord
Good times

Arreando trompazos ganaba por KO
Cumplía su parte y todo eso
¡Qué distinto de todo esto!
Mmmmmm
Buenos tiempos

Y ahora se dice «¿quiénes son
O qué son
Ellos, Them?»

El pequeño canta y el grandullón toca la guitarra
Rasguea las cuerdas con un dedal
El bajista no suele afeitarse
Están un poco chiflados
Pero sí, venía la gente
Y así nos hicimos un nombre
Fue demasiado
Mmmmmm
Sí, buenos tiempos

Sudorosos, salvajes, zafios y feos
También locos
Y a veces un poquito tristes
Sí, muchos se burlaban
Pero ahí arriba, ¡qué movida!
Menuda fiesta
Dios
¡Qué buenos tiempos!

Somos Them, lo tomas o lo dejas
Y lo tomaron hasta las cejas
La cosa siguió adelante
Tocamos para la gente
Dulce sudor
En la brumosa atmósfera
Dame otro trago de birra, nena
Hay que seguir ahí
Porque menuda fiesta
¡Dios!
Buenos tiempos

Blues come rollin'
Down all your avenue
Won't stop at the City Hall
Just a few steps away
You can look up at
Maritime Hotel
Just a little bit sad
Gotta walk away
Wish it well

El blues retumbaba
Por toda la avenida
No se detenía en el ayuntamiento
A pocos pasos
Puedes contemplar
El hotel Maritime
Un poquito triste
Hay que irse
Que le vaya bien

GLORIA

Like to tell you 'bout my baby
You know she comes around
Just about five feet four
From her head to the ground
You know she comes around here
Just about midnight
She make me feel so good, Lord
She make me feel alright

And her name is G–L–O–R–I–I–I–I
G–L–O–R–I–A – Gloria
G–L–O–R–I–A – Gloria
I'm gonna shout it all night
Gloria
I'm gonna shout it every day
Gloria

She comes around here
Just about midnight
She make me feel so good, Lord
She make me feel alright
Comes walkin' down my street
Comes up to my house
She knocks upon my door
And then she comes to my room
She make me feel alright
G–L–O–R–I–A
G–L–O–R–I–A

I'm gonna shout it all night
I'm gonna shout it every day
Yeah, yeah, yeah, yeah, yeah
It's so good
Alright
Just so good
Alright

GLORIA

Te voy a hablar de mi chica
Suele pasar por aquí
Como de un metro sesenta
De pies a cabeza
Pasa por aquí, ya sabes
Hacia medianoche
Y hace que me sienta tan bien, ¡Dios!
Me siento de maravilla

Y su nombre es G-L-O-R-I-I-I-I
G-L-O-R-I-A – Gloria
G-L-O-R-I-A – Gloria
Lo gritaré toda la noche
Gloria
Lo gritaré cada día
Gloria

Pasa por aquí
Hacia medianoche
Hace que me sienta tan bien, ¡Dios!
Me siento de maravilla
Viene calle abajo
Viene a mi casa
Llama a la puerta
Y se pasa por mi cuarto
Me siento de maravilla
G-L-O-R-I-A
G-L-O-R-I-A

Lo gritaré toda la noche
Lo gritaré cada día
Sí, sí, sí, sí, sí
Qué bueno
Qué bien
Tan bueno
Bien, bien

MY LONELY SAD EYES

Fill me my cup
And I'll drink your sparkling wine
Pretend that everything is fine
Till I see your sad eyes
Throw me a kiss
Across a crowded room
Some sunny windswept afternoon
Is none too soon for me to miss my sad eyes
Not bad eyes or glad eyes
But you, my sad eyes

Fortunate and free
And there go you and I
Between the earth and sky
But who are you and I wonder why we do so?
My sad eyes
Lonely

Oh what a story
The moon in all its glory, the song I sing and everything
For you, my sad eyes

You'd better
Fill me my cup
And I'll drink your sparkling wine
Pretend that everything is fine
Till I see your sad eyes
Not bad eyes or glad eyes
But you, my sad eyes
My lonely sad eyes

MIS SOLITARIOS OJOS TRISTES

Llena mi copa
Y beberé tu vino espumoso
Fingiré que todo va bien
Hasta que vea tus ojos tristes
Mándame un beso
A través de una sala atestada
Cualquier tarde ventosa y soleada
Me vale para extrañar mis ojos tristes
Ni defectuosos ni alegres
Sino tú, mis ojos tristes

Afortunados y libres
Y allá vamos tú y yo
Entre el cielo y la tierra
Me pregunto quién eres y por qué lo hacemos
Mis ojos tristes
Solitarios

Menuda historia
La luna en su gloria, la canción que canto y lo demás
Para ti, mis ojos tristes

Mejor me llenas
La copa
Y beberé tu vino espumoso
Fingiré que todo va bien
Hasta que vea tus ojos tristes
Ni defectuosos ni alegres
Sino tú, mis ojos tristes
Mis solitarios ojos tristes

MYSTIC EYES

One Sunday mornin'
We went walkin'
Down by the old graveyard
In the mornin' fog
And looked into
Yeah

Those mystic eyes, mystic eyes, mystic eyes, mystic eyes
Mystic eyes, mystic eyes, mystic eyes, mystic eyes

OJOS MÍSTICOS

Un domingo por la mañana
Fuimos a pasear
Por el viejo cementerio
Entre la niebla temprana
Y miramos
Sí

Esos ojos místicos, ojos místicos, ojos místicos, ojos místicos
Ojos místicos, ojos místicos, ojos místicos, ojos místicos

PHILOSOPHY

Told you, darling, all along
I was right and you were wrong
Pleasin' you is so hard to do
Tried all night long to be true

Can't sow wild oats 'spect to gather corn
Can't take right and make it wrong
Told you, darlin', long time ago
You gotta reap what you sow
And what you sow, yeah
Gonna make you weep someday, someday, someday
Yeah, what you sow
Gonna make you weep

Tried to keep you satisfied
Broke my heart, hurt my pride
It's all over now s'far as I can see
It's a lonely road and a memory
Of daily walkin' and talkin' about you and me, can't you see
I said, daily walkin' and talkin'

Can't sow wild oats 'spect to gather corn
Can't take right and make it wrong
Told you, darlin', long time ago
You gotta reap what you sow
And what you sow, yeah
Gonna make you weep someday, someday, someday
Yeah, what you sow, yeah
Gonna make you weep
Someday

FILOSOFÍA

Siempre te he dicho, cariño
Que yo estaba en lo cierto y tú en el error
Es duro tenerte contenta
Y sincerarse la noche entera

No puedes sembrar vientos y esperar la calma
No puedes convertir lo justo en injusto
Te dije, cariño, tiempo atrás
Que según siembras recogerás
Y lo que sembraste, sí
Te hará llorar algún día, algún día, algún día
Sí, lo que sembraste
Te hará llorar

Traté de tenerte contenta
Me dolió y me partió el corazón
Por lo que veo ya todo acabó
Un camino desierto, sólo un recuerdo
De andar y charlar a diario sobre los dos
¿No lo ves? Andar y charlar a diario, dije yo

No puedes sembrar vientos y esperar la calma
No puedes convertir lo justo en injusto
Te dije, amor, tiempo atrás
Que según siembras, recogerás
Y lo que sembraste, sí
Te hará llorar algún día, algún día, algún día
Sí, lo que sembraste, sí
Te hará llorar
Algún día

BROWN EYED GIRL

Hey, where did we go, days when the rains came
Down in the hollow, playing a new game
Laughing and a-running, hey, hey
Skipping and a-jumping
In the misty morning fog with our, our hearts a-thumping
And you, my brown eyed girl
You, my brown eyed girl

Whatever happened, to Tuesday and so slow
Going down the old mine with the transistor radio
Standing in the sunlight laughing
Hiding behind a rainbow's wall
Slipping and a-sliding all along the waterfall
With you, my brown eyed girl
You, my brown eyed girl

Do you remember when we used to sing
Sha la la la la la la la la lala dee dah
Just like that
Sha la la la la la la la la lala dee dah
La dee dah

So hard to find my way, now that I'm all on my own
I saw you just the other day, my, how you have grown
Cast my memory back there, Lord
Sometimes I'm overcome thinking about
Making love in the green grass, behind The Stadium
With you, my brown eyed girl
You, my brown eyed girl

Do you remember when we used to sing
Sha la la la la la la la la lala dee dah
Laying in the green grass
Sha la la la la la la la la lala dee dah
Dee dah dee dah dee dah dee dah dee dah dee
Sha la la la la la la la la la la la
Dee dah la dee dah la dee dah la

CHICA DE OJOS CASTAÑOS

Oye, ¿adónde íbamos cuando llovía?
Allá en la hondonada jugando a otro juego
Ey, entre risas y carreras
Saltando y brincando
En la brumosa mañana con el corazón desbocado
Y tú, mi chica de ojos castaños
Tú, mi chica de ojos castaños

¿Qué fue de Tuesday, que tan lenta
Bajaba a la vieja mina con el transistor?
Allí nos reíamos al sol
Escondidos tras el muro de un arco iris
Resbalando por la cascada
Contigo, mi chica de ojos castaños
Tú, mi chica de ojos castaños

¿Recuerdas cuando cantábamos
Sha la la la la la la la lala di da?
Eso es
Sha la la la la la la la lala di da
La di da

Cuesta mucho hallar el camino ahora que estoy solo
Hace poco te vi, ¡caray, cómo has crecido!
Y, Señor, recordé aquellos días
A veces me abruma pensar
En el amor sobre la verde hierba tras el estadio
Contigo, mi chica de ojos castaños
Tú, mi chica de ojos castaños

¿Recuerdas cuando cantábamos
Sha la la la la la la la lala di da?
Echados sobre la verde hierba
Sha la la la la la la la lala di da
Di da di da di da di da di da di
Sha la la la la la la la la la la
Di da la di da la di da la

T.B. SHEETS

Now listen, Julie baby
It ain't natural for you to cry in the midnight
It ain't natural for you to cry way into midnight through
Until the wee small hours long 'fore the break of dawn
Oh Lord

Now, Julie, an' there ain't nothin' on my mind
More further 'way than what you're lookin' for
I see the way you jumped at me, Lord, from behind the door
And looked into my eyes
Your little star-struck innuendos
Inadequacies and foreign bodies
And the sunlight shining through the crack in the windowpane
Numbs my brain
And the sunlight shining through the crack in the windowpane
Numbs my brain, oh Lord

Ha, so open up the window and let me breathe
I said open up the window and let me breathe

I'm looking down to the street below, Lord, I cried for you
I cried, I cried for you

Oh Lord

The cool room, Lord, is a fool's room
The cool room, Lord, is a fool's room
And I can almost smell your T.B. sheets
And I can almost smell your T.B. sheets
On your sick bed

I gotta go, I gotta go
And she said, 'Please stay, I wanna, I wanna,
I want a drink of water, I want a drink of water,
Go in the kitchen get me a drink of water'
I said, 'I gotta go, I gotta go, baby'
I said, 'I'll send, I'll send somebody around later,
You know we got Janet comin' around here later
With a bottle of wine for you, baby, but I gotta go'

SÁBANAS TÍSICAS

Escucha, Julie, nena
No es normal que llores a medianoche
No es normal que llores desde medianoche
Hasta las horas de madrugada antes de que rompa el día
¡Dios santo!

Oye, Julie, nada más lejos de mi intención
Que aquello que andas buscando
Veo cómo te lanzaste sobre mí desde la puerta
Y me miraste a los ojos
Tus insinuaciones pasmadas por la fama
Deficiencias y cuerpos extraños
Y la luz del sol colándose por una rendija de la ventana
Me aturde
Y la luz del sol colándose por una rendija de la ventana
Me aturde, Señor

Abre la ventana y déjame respirar
Abre la ventana, te digo, y déjame respirar

Miro calle abajo, Dios, cómo lloré por ti
Lloré, lloré por ti

¡Oh, Dios!

El cuarto frío, Dios, es un cuarto de locos
El cuarto frío, Dios, es un cuarto de locos
Y casi puedo oler tus sábanas tísicas
Casi puedo oler tus sábanas tísicas
En tu lecho doliente

Tengo que irme, me voy
Y ella dijo: «Por favor, quédate, quiero, quiero
Un trago de agua, quiero un trago de agua,
Ve a la cocina y tráeme agua»
Dije: «Tengo que irme, me voy, nena»
Dije: «Ya mandaré a alguien luego,
Ya sabes que Janet se pasará por aquí
Con una botella de vino para ti; yo, nena, me voy»

The cool room, Lord, is a fool's room
The cool room, Lord, Lord, is a fool's room, a fool's room
And I can almost smell your T.B. sheets
I can almost smell your T.B. sheets, T.B.

I gotta go, I gotta go
I'll send around, send around one that grumbles later on, baby
We'll see what I can pick up for you, you know
Yeah, I got a few things going on too
Don't worry about it, don't worry about it, don't worry
Huh uh, go, go, go, I've gotta go, gotta go, gotta go, gotta go
Gotta go, gotta go, huh uh, alright, alright

I turned on the radio
If you wanna hear a few tunes, I'll turn on the radio for you
There you go, there you go, there you go, baby, there you go

You'll be alright too
I know it ain't funny, it ain't funny at all, baby
Always laying in the cool room, man, laying in the cool room
In the cool room, in the cool room

El cuarto frío, Dios, es un cuarto de locos
El cuarto frío, santo Dios, es un cuarto de locos, de locos
Y casi puedo oler tus sábanas tísicas
Casi puedo oler tus sábanas tísicas, tísicas

Tengo que irme, me voy
Mandaré a alguien, luego mandaré a ese gruñón, nena
Ya veremos que te consigo, ya sabes
Sí, yo tengo mis cosas también
No te preocupes, no te preocupes por eso
No, no, vamos, vamos, me voy, debo irme
Debo irme, me voy, no, vale, bien

Puse la radio
Por si quieres escuchar canciones, te pongo la radio
Ahí va, ahí va, muy bien, nena, muy bien

Te pondrás bien, ya verás
Ya sé que no tiene gracia, no tiene ninguna gracia, nena
Siempre echada en el cuarto frío, tío, echada en el cuarto frío
El cuarto frío, en el cuarto frío

SPANISH ROSE

The wine beneath the bed
The things we've done and said
And all the memories that come glancing back to me
In my loneliness
Standing in the breach
The arms outstretched, but out of reach
And consciousness has found me sometimes wondering
Where you're at
Take me back again
Take me back one more time, Spanish rose

The way you pulled the gate
Behind you when you said, 'It ain't too late
Come on, let's swing the town and have a
Ball tonight'
And hoping you'd come through
And many others too
And all the friends we used to have in days gone by
I'm wondering
If you'll take me back again
Take me back one more time, Spanish rose

And when the lights went out
And no one was about, another country in full bloom
In the room we danced
And many hearts were torn
And when the word went around that everything was wrong
And just couldn't be put right
It tore me up, it tore me up, Lord

The way you held the note
The trembling in your throat
That just beginning of your wondrous smile
The rising of the water
The window into days gone by
I often ask myself and wonder why it's gone
Take me back again
Take me back one more time, Spanish rose

LA ROSA ESPAÑOLA

El vino bajo la cama
Las cosas que hicimos y dijimos
Y los recuerdos que vuelven a mirarme
En mi soledad
Estoy en la brecha
Los brazos tendidos, pero inalcanzable
Y la conciencia me halló a veces preguntándome
En qué sitio estarás
Vuelve conmigo
Vuelve de nuevo conmigo, rosa española

La forma en que cerraste la verja
A tu espalda diciendo: «Estamos a tiempo
Venga, vamos a patear la ciudad esta noche
Lo pasaremos en grande»
Y esperaba que no me fallaras
Y contigo los demás
Y todos los amigos que tuvimos tiempo atrás
Me pregunto
Si volverás conmigo
Vuelve de nuevo conmigo, rosa española

Y cuando se apagaron las luces
Sin nadie a la vista, otro país en flor
Bailamos en el salón
Y muchos corazones se hicieron añicos
Y cuando corrió la voz de que todo iba mal
Y no se pudo enmendar
Me partió por la mitad, Dios

Tal como sostenías la nota
Aquel temblor en tu garganta
El amago de tu sonrisa asombrosa
El ascenso de las aguas
La ventana abierta a los días perdidos
Me pregunto a menudo por qué se ha ido
Vuelve conmigo
Vuelve de nuevo conmigo, rosa española

In slumber you did sleep
The window I did creep
And touch your raven hair and sang that song
Again to you
You did not even wince
You thought I was the prince
To come and take you from your misery
In lonely castle walls
Ah take me back again
Take me back one more time, Spanish rose

Dormías profundamente
Me colé por la ventana
Y toqué tu pelo negro y te canté aquella canción
Otra vez
Ni te moviste
Pensaste que yo era el príncipe
Que venía a salvarte del infortunio
Entre los solitarios muros del castillo
¡Ah!, vuelve conmigo
Vuelve de nuevo conmigo, rosa española

WHO DROVE THE RED SPORTS CAR?

Who drove the red sports car from the mansion
And laid upon the grass in summer time?
And who done me out high-time fashion
And made me read between the lines?
And who said, 'Follow the mile, you're only a child,
Sit on your throne, you got to make it on your own,
On your own'?

And who said, 'Ha, ha, look at you, look at you,
You got jam on your face'?
And who did your homework and read your Bible
And signed your name every place?
And who said, 'Fortunes untold don't go by gold,
You're much better known, you got to make it on your own,
On your own'?

And do you remember, do you remember this time?
I said a long time ago, when I came walkin' down
I came walkin' down, by Maggie's place
It started comin' on rain, it started comin' on rain
'Cause I had nothing on but a shirt and a pair of pants
And I was getting wet, I was getting wet, saturated, saturated
And Maggie opened up the window, and Jane swung out her right arm
She said, 'Hi!' I said, 'Hi, how're you doing, baby?'
She said, 'Come on in out the rain, come on in out the rain,
Lord, come on in out the rain, sit down by the fireside
And dry yourself.'
Achoo! Do it, do it, ha ha ha, I got caught
I got caught in a, in a bag, in the bag, oh Lord
I said, 'I don't mind if I do, I don't mind if I do'

¿QUIÉN CONDUJO EL DEPORTIVO ROJO?

¿Quién condujo el deportivo rojo desde la mansión
Y se tendió sobre la hierba en verano?
¿Y quién me estafó a lo grande
Y me obligó a leer entre líneas?
¿Y quién dijo «sigue el camino, eres sólo un crío,
Siéntate en el trono, has de hacerlo solo,
Tú solo»?

¿Y quién dijo «ja, ja, mírate, mírate,
Tienes mermelada en la cara»?
¿Y quién te hacía los deberes, quién leía tu Biblia
Y firmaba por ti donde fuera?
¿Y quién dijo «las ingentes fortunas no se miden en oro,
Te ves mejor ahora, has de hacerlo solo,
Tú solo»?

¿Y te acuerdas, te acuerdas de aquella vez?
Dije tiempo atrás, cuando me vine caminando
Viene caminando hasta la casa de Maggie
Y empezó a llover, empezó a llover
Iba en camisa y pantalones nomás
Y me estaba mojando, empapando, empapando
Y Maggie abrió la ventana y Jane sacó el brazo derecho
Dijo «¡ey!» y dije «¡hola, ¿qué tal, nena?»
Dijo: «Ven, entra en casa, cobíjate de la lluvia,
Dios, entra en casa, siéntate junto al fuego
Y sécate»
¡Achís! Venga, vamos, ja ja ja, me tropecé
Me tropecé con una bolsa, la bolsa, Dios,
Dije: «Pues no me importa si lo hago, no me importa»

SEND YOUR MIND

Send your mind, send your mind
Send your mind, send your mind

While you're out there on the highway
Where the drivers roll on by
Going south between the bridges
Where the river's runnin' dry
And if you can't come home
Please send your mind

Send your mind, send your mind
Send your mind, send your mind

There you're talking, where you're going
On the train that ceased to roll
Across the nation, passing station
Where the night is black as coal
And if you can't come home
Please send your mind

Send your mind, send your mind
Send your mind, send your mind

With your hand laid on your heartbeat
And your head between the sheets
And the silence from the lamp post
On the corner of the street
And if you can't come home
Please send your mind

Send your mind, send your mind
Send your mind, send your mind
Send your mind, send your mind
Send your mind, send your mind

Ah little darlin', come on home
Come on home, ah send it, send it
Ah darlin', send it, baby
All you gotta do
Ah send it

ENVÍA TU MENTE

Envía tu mente, envíala
Envía tu mente, envíala

Mientras sales a la carretera
Por donde pasan los conductores
Hacia el sur entre los puentes
Donde el río fluye seco
Si no puedes venir a casa
Envía tu mente, por favor

Envía tu mente, envíala
Envía tu mente, envíala

Vas hablando, ¿adónde vas
En el tren que ya no tira?
Por el país, dejando atrás estaciones
Donde la noche es más negra que el carbón
Si no puedes venir a casa
Envía tu mente, por favor

Envía tu mente, envíala
Envía tu mente, envíala

Tu mano posada en el latir de tu pecho
La cabeza entre las sábanas
Y el silencio en la farola
Al cabo de la calle
Si no puedes venir a casa
Por favor, envía tu mente

Envía tu mente, envíala
Envía tu mente, envíala
Envía tu mente, envíala
Envía tu mente, envíala

Ah cariño, vente a casa
Vente a casa y envíala
Cariño, nena, envíala
Basta con eso
Envíala

THE BACK ROOM

In the back room, in the back room
I waited for you, you waited for me
The rain came down, pitter pat
Said, 'What, you think it's raining outside?'
Said, 'So what, turn the record player on'
Had a smoke, stood up, walked across to the john
In a cloud of mist, couldn't resist
Katie stepped in the hall, she grabbed the door
Found the key in the letterbox, she turned the door
Walked into the room, said, 'What's going on?'

'I just got back from down the road,
I got a couple of bottles of wine, something to turn you on,
What'd you think about that?'
I said, 'Sit down, child,
Pull up a seat, you're soaking wet,
Take off your coat and hat, wipe your feet on the mat'
In the back room, in the back room
I waited for you, you waited for me

I said, 'What time it is, Johnny, where did we go all day?
Seem to get nowhere and do nothing
But sit looking at each other'
He said, 'I know, I've been doing the same thing for weeks'
I look at the clock and all of a sudden
I'm hypnotised and it speaks to me
And it goes tick-tock, tick-tock, tick-tock

And Katie said, 'I don't know what you gotta do
But I been working so hard lately
That I get home and just fall asleep in bed'
So we played some more sounds and grooved a while
Somebody brought out some cherry wine, cherry wine
And we talked about what was going on in the music world
And other things
Rain outside came down like it came never before
Down it came, down it came, rain, rain, rain
And I said, 'Baby, what time is it, what time is it,
Tell me, what time is it?'

EL CUARTO TRASERO

En el cuarto trasero, el cuarto de atrás
Te esperé y tú me esperaste
La lluvia caía, un tamborileo
Dije: «¿Eh, te parece que llueve?»
Dijo: «¿Y qué? Pon el tocadiscos»
Fumé, me levanté y fui al baño
Bajo una neblina, no aguantaba más
Katie entró en el vestíbulo, agarró la puerta
Encontró la llave en el buzón, abrió
Y entró en la sala, «¿qué pasa?

»Vengo de la calle
Pillé un par de botellas de vino,
Algo para calentar, ¿Cómo lo ves?»
Dije: «Siéntate, niña,
Agarra una silla, estás chorreando,
Quítate abrigo y sombrero, seca los pies en la estera»
En el cuarto trasero, el cuarto de atrás
Yo te esperé, tú me esperaste

Dije: «¿Qué hora es, Johnny, dónde estuvimos todo el día?
Parece que no vamos a ningún sitio ni hacemos nada
Más que mirarnos el uno al otro»
Dijo: «Ya sé, es lo que he estado haciendo semanas enteras»
Miro el reloj y de pronto
Estoy hechizado y me habla
Tic-tac, tic-tac, tic-tac

Y dijo Katie: «No sé qué vas a hacer
Pero trabajo tanto estos días
Que llego a casa y me caigo de sueño»
Así que hubo más música y nos explayamos un rato
Alguien trajo vino de cereza, vino de cereza
Y charlamos sobre el mundillo musical
Y demás
Afuera se puso a llover como nunca
A cántaros llovía, llovía y llovía
Y dije: «Nena, ¿qué hora es, qué hora es?
Dime qué hora es»

'four thirty'

So I peep round the corner of the blinds, and there you go
There's the little girls coming home from school
Looking so cool
Just learned their As to Zs
I said, 'Hey, man, don't that look funny, all of those girls
Coming home from school
And us sitting, talking and drinking
And all them other funny things?' Ha, ha

And Johnny said to me, 'You know what?'
I said, 'What?'
He said, 'Man, you gotta go out there and do something for yourself
You gotta go out and make
Or else you're gonna be sitting around here like nothing'
I said, 'You're right.' I said, 'You're so right'
He said, 'I know'
I said, 'Do ya?'
He said, 'You know you're cutting records, cutting records, right?
You can't do that and get through all the time.
You're gonna be out on the road
In the back seat, man, on the highway,
And the colours are gonna run.

All of a sudden don't you feel sick and the next day
You gotta make it?'
I said, 'Yeah, I feel sick'
I said, 'You know I can't stay here all the time,
As much as I'd like to
Just loon about all day and all night'
I decided to go down to the river
And watched the artist go through the motions

Gotta do my thing, gotta do my thing
In the back room, in the back room

«Las cuatro y media»

Escudriñé entre persianas y ahí van
Las niñas volviendo del cole a casa
¡Qué buena pinta
Con su lección aprendida!
Dije: «Ey, tío, mira qué risa, todas las nenas
Volviendo del cole a casa
Y nosotros sentados, charlando y bebiendo
Y toda la pesca» Ja, ja

Y Johnny me dijo: «¿Sabes qué?»
Dije: «¿Qué?»
Dijo: «Tío, tienes que salir y buscarte la vida
Salir y a por ello
O te vas a quedar papando moscas»
Dije: «Tienes razón. Toda la razón»
Dijo: «Lo sé»
Dije: «¿Lo sabes?»
Dijo: «Tú grabas discos, grabas discos, ¿no?
No puedes tirar adelante siempre con eso.
Vas a salir de gira
En el asiento de atrás, tío, en la carretera,
Y los colores desteñirán.

»¿No te sientes mal de pronto y al día siguiente
Tienes que lograrlo?»
Dije: «Sí, me siento mal»
Dije: «Ya sabes que no me puedo quedar
Todo el rato por más que quiera
No puedo holgazanear noche y día»
Decidí bajar al río
Y contemplé al artista ejecutar su tarea

Tengo que ir a lo mío, hacer lo que sé
En el cuarto trasero, el cuarto de atrás

JOE HARPER SATURDAY MORNING

When you thought I was a stranger
When you looked upon me
When I came back
But to take you from disaster
I cannot master the four winds in your shack
And the roamin' in the gloamin'
You have brought and set before me
And I think that it's an omen
I'm just not what so many people see

And you shined your glory all around
Did not disguise what you did
I asked you for half a pound, and you said
'Go see Joe Harper, Saturday morning, kid,
Go see Joe Harper, Saturday morning, kid'

And the child held the ball in the garden
With the old queen
And you kissed the lips that harden of a stranger
You know what I mean
And you walk down the streets so lonely
In your own childish way
And you thought that you would only
Do it for today

And you shined your glory all around
Did not disguise what we did
I asked you for half a pound, and you said
'Go see Joe Harper, Saturday morning, kid,
Go see Joe Harper, Saturday morning, kid'

And just outside the club
And the rain came down on his head
And he got all soaking wet
I said, 'Go for yourself,' and he said, 'I know, sure, sure,
I ain't conquered yet'
And I walked away from the backstreets in the rain and I saw
How many times that I die
And we turned on outside in the bus shelter
And I jumped on and said goodbye

JOE HARPER, SÁBADO POR LA MAÑANA

Me veías como a un extraño
Al contemplarme
Cuando volví
Para salvarte de la quema
No puedo dominar los cuatro vientos en tu choza
Ni los paseos al anochecer
Que trajiste y me brindaste
Y lo veo como un presagio
No soy lo que tantos ven

Y tu gloria relumbró en torno
Sin disfrazar lo que hacías
Te pedí media libra y soltaste:
«Ve a ver a Joe Harper, chico, la mañana del sábado
Ve a ver a Joe Harper, chico, la mañana del sábado»

Y el niño celebró la fiesta en el parque
Con la vieja reina
Besaste los labios encallecidos
De un extraño, ya me entiendes
Y caminas tan solo por las calles
A tu infantil manera
Y te creíste que era cosa
de un solo día

Y tu gloria relumbró en torno
Sin disfrazar lo que hacíamos
Te pedí media libra y dijiste:
«Ve a ver a Joe Harper, chico, el sábado por la mañana,
Ve a ver a Joe Harper, chico, el sábado por la mañana»

Y al salir del club
La lluvia caía sobre su cabeza
Y se quedó empapado
Yo dije «ve por tu cuenta» y él dijo «ya sé, claro, claro
No me han vencido todavía»
Me alejé de los callejones bajo la lluvia
Y vi las muchas veces que muero
Y giramos por la estación de autobuses
Y me subí, dije «hasta luego»

And I shined my glory all around
Did not disguise what I did
Tried to keep it underground, but they said
'Go see Joe Harper, Saturday morning, kid,
Go see Joe Harper, Saturday morning, kid'

Y relumbré mi gloria en torno
No celé lo que hice
Aunque fuera a escondidas; dijeron:
«Ve a ver a Joe Harper, el sábado por la mañana, chico,
Ve a ver a Joe Harper, el sábado por la mañana, chico»

MADAME GEORGE

Down on Cyprus Avenue
With the childlike visions leaping into view
Clicking clacking of the high-heeled shoe
Ford and Fitzroy and Madame George

Marching with the soldier boy behind
He's much older now, with hat on drinking wine
And that smell of sweet perfume comes drifting through
Early cool night air like Shalimar
And outside they're making all the stops
The kids out in the street collecting bottle tops
Gone for cigarettes and matches in the shops
Happy taking Madame George
Oh that's when you fall
Oh that's when you fall
Yeah, that's when you fall

When you fall into a trance
Sitting on a sofa playing games of chance
With your folded arms and history books you glance
Into the eyes of Madame George

And you think you've found the bag
You're getting weaker and your knees begin to sag
In a corner playing dominoes in drag
The one and only Madame George

And up from outside the frosty window raps
She jumps up and says, 'Lord have mercy,
I think that it's the cops'
And immediately drops everything she gots
Down into the street below

And you know you gotta go
On a train from Dublin up to Sandy Row
Throwing pennies at bridges down below
In the rain, hail, sleet and snow
Say goodbye to Madame George
Dry your eye for Madame George
Wonder why for Madame George

MADAME GEORGE

Por Cyprus Avenue
Saltan a la vista visiones pueriles
Repicando sobre altos tacones
Ford y Fitzroy y madame George

Marchando con el soldadito a la zaga
Ya es mayor: bebe vino con el sombrero puesto
Y aquel dulce perfume va, se desliza
En la noche fresca como Shalimar con la brisa
Y en la calle se paran a cada rato
Recogiendo chapas los niños
Que salieron a comprar tabaco y cerillas
Buen intento madame George
Oh, ahí es cuando caes
Oh, ahí es cuando caes
Sí, ahí es cuando caes

Cuando caes en trance
Sentado en un sofá y jugando a juegos de azar
De brazos cruzados, con tus libros de historia
Miras los ojos de madame George

Y crees que hallaste la bolsa
Te debilitas y tus rodillas flojean
Travestido, juegas al dominó en un rincón
Genio y figura, madame George

Y afuera en la ventana escarchada golpean
Ella pega un brinco y dice: «Señor ten piedad,
Creo que es la poli»
Y de golpe deja caer todo lo que lleva
Calle abajo

Y sabes que debes ir
En tren de Dublín a Sandy Row
Arrojando peniques bajo los puentes
Aunque nieve, granice o llueva
Di adiós a madame George
Sécate el ojo por madame George
Y pregúntate por qué por madame George

And as you leave, the room is filled with music
Laughing music, dancing music, all around the room
And all the little boys come round
Walking away from it all
So cool

And as you're about to leave
He jumps up 'n s ays, 'Hey, love,
You forgot your glove'
And the love that loves to love
That loves the love that loves
The love that loves to love
The love that loves to love
The love that loves

Say goodbye to Madame George
Dry your eyes for Madame George
Wonder why for Madame George
Dry your eyes for Madame George
Say goodbye

In the wind and the rain in the backstreet
In the backstreet
In the backstreet
Say goodbye to Madame George
In the backstreet
In the backstreet
In the backstreet
Well, down home
Down home in the backstreet
Gotta go
Say goodbye, goodbye, goodbye

Dry your eye, your eye, your eye
Your eye, your eye, your eye
Say goodbye to Madame George
And the love that loves to love
The love that loves to love

Say goodbye, goodbye, goodbye, goodbye
Say goodbye, goodbye, goodbye, goodbye

Y al salir, la música invade la estancia
Por toda la estancia música risueña, de baile
Y todos los críos se pasan por ahí
Alejándose de lo demás
Es lo más

Y cuando estás por salir,
Pega un brinco y dice: «Oye, amor,
¿Olvidaste el guante?»
Y el amor que ama amar
Que ama al amor que ama
El amor que ama amar
El amor que ama amar
El amor que ama

Di adiós a madame George
Sécate los ojos por madame George
Pregúntate por qué por madame George
Seca tus ojos por madame George
Di adiós

En el callejón barrido por la lluvia y el viento
En el callejón
En el callejón
Di adiós a madame George
En el callejón
En el callejón
En el callejón
Allá en casa
Allá en la casa del callejón
Debo ir
Di adiós, adiós, adiós

Sécate el ojo, el ojo, el ojo
El ojo, el ojo, el ojo
Di adiós a madame George
Y al amor que ama amar
El amor que ama amar

Di adiós, adiós, adiós, adiós
Di adiós, adiós, adiós, adiós

To Madame George
Dry your eyes for Madame George
Wonder why for Madame George
And the love that loves to love
The love that loves to love
Say goodbye, goodbye
Get on the train, darling
Get on the train, the train, the train, the train, the train, darling
This is the train, this is the train, darling
This is the train
Oh say goodbye, goodbye, goodbye
Get on the train
Get on the train

A madame George
Seca tus ojos por madame George
Pregúntate por qué por madame George
Y el amor que ama amar
El amor que ama amar
Di adiós, adiós
Súbete al tren, corazón
Súbete al tren, el tren, el tren, el tren, el tren, corazón
Éste es el tren, éste es, corazón
Es éste
Oh, di adiós, adiós, adiós
Súbete al tren
Súbete

SLIM SLOW SLIDER

Slim slow slider
Horse you ride is white as snow
Slim slow slider
Horse you ride is white as snow
Tell it everywhere you go

Saw you walking
Down by Ladbroke Grove this morning
Saw you walking
Down by Ladbroke Grove this morning
Catching pebbles for some sandy beach
You're out of reach

Saw you early this morning
With your brand-new boy and your Cadillac
Saw you early this morning
With your brand-new boy and your Cadillac
You're going for something and I know you
Won't be back

I know you're dying, baby
And I know you know it too
I know you're dying
And I know you know it too
Every time I see you
I just don't know what to do

FLACA LENTA ESCURRIDIZA

Flaca lenta escurridiza
El caballo que montas es blanco como la nieve
Flaca lenta escurridiza
El caballo que montas es blanco como la nieve
Dilo dondequiera que vayas

Te vi caminando
Esta mañana por Landbroke Grove
Te vi caminando
Esta mañana por Landbroke Grove
Para una playa de arena cogías guijarros
Inalcanzable

Te vi por la mañana temprano
Con tu flamante chico y el Cadillac
Te vi por la mañana temprano
Con tu flamante chico y el Cadillac
Buscas algo y te conozco
No volverás

Sé que te mueres, nena
Y sé que también lo sabes
Sé que te mueres
Y sé que también lo sabes
Cada vez que te veo
No sé qué debo hacer

THE WAY YOUNG LOVERS DO

We strolled through fields all wet with rain
And back along the lane again
Staring at the sunshine, in the sweet summertime
The way that young lovers do

I kissed you on the lips once more
And we said goodbye at your front door
In the night-time
That's the right time
To feel the way that young lovers do

Then we sat on our own star
And dreamed of the way that we were
And the way that we wanted to be
Then we sat on our own star
And dreamed of the way that I was for you
And you were for me

And then we danced the night away
And turning to each other say
'I love you,
I love you'
The way that young lovers do

Then we sat on our own star
And dreamed of the way that we were
And the way that we wanted to be
Then we sat on our own star
And dreamed of the way that I was for you
And you were for me

And we learned to dance the night away
Turning to each other say
'I love you,
Baby, I love you'
The way that young lovers do
Lovers do
Lovers do

COMO HACEN LOS JÓVENES AMANTES

Paseamos por campos húmedos de lluvia
Y de vuelta al camino
Contemplamos el sol, en el suave verano
Como hacen los jóvenes amantes

Te besé en la boca una vez más
Y nos despedimos en el portal
Por la noche
La hora justa para sentir
Como sienten los jóvenes amantes

Luego nos sentamos en nuestra propia estrella
Y soñamos en cómo éramos
Y en cómo querríamos ser
Nos sentamos en nuestra propia estrella
Y soñamos en cómo era yo para ti
Y tú para mí

Nos pasamos la noche bailando
Mirándonos para decir
«Te quiero,
Te quiero»
Como hacen los jóvenes amantes

Luego nos sentamos en nuestra estrella
Y soñamos en cómo éramos
Y en cómo querríamos ser
Nos sentamos en nuestra estrella
Y soñamos en cómo era yo para ti
Y tú para mí

Y aprendimos a pasar la noche bailando
Mirándonos para decir
«Te quiero,
Nena, te quiero»
Como hacen los jóvenes amantes
Los amantes
Los amantes

MOONDANCE

Well, it's a marvellous night for a moondance
With the stars up above in your eyes
A fantabulous night to make romance
'Neath the cover of October skies
And all the leaves on the trees are falling
To the sound of the breezes that blow
And I'm trying to please to the calling
Of your heart strings that play soft and low
And all the night's magic seems to whisper and hush
And all the soft moonlight seems to shine in your blush

Can I just have one more moondance with you, my love?
Can I just make some more romance with you, my love?

Well, I wanna make love to you tonight
I can't wait till the morning has come
And I know now the time is just right
And straight into my arms you will run
And when you come my heart will be waiting
To make sure that you're never alone
There and then all my dreams will come true, dear
There and then I will make you my own
And every time I touch you, you just tremble inside
And I know how much you want me that you can't hide

Can I just have one more moondance with you, my love?
Can I just make some more romance with you, my love?

Well, it's a marvellous night for a moondance
With the stars up above in your eyes
A fantabulous night to make romance
'Neath the cover of October skies
And all the leaves on the trees are falling
To the sound of the breezes that blow
And I'm trying to please to the calling
Of your heart strings that play soft and low
And all the night's magic seems to whisper and hush
And all the soft moonlight seems to shine in your blush

BAILE LUNAR

Es una noche espléndida para un baile lunar
Con las estrellas allá arriba en tus ojos
Fantabulosa noche para un idilio
Al abrigo del cielo otoñal
Con las hojas que caen de los árboles
Al son de la brisa que sopla
Y yo trato de satisfacer el reclamo
Suave y tenue de tu corazón
Cuando la magia de la noche susurra y calla
Y la luz de la luna ilumina tu rubor

¿Me concedes otro baile lunar, amor mío?
¿Puedo proseguir mi idilio contigo, amor mío?

Quiero hacerte el amor esta noche
Sin esperar a que se haga de día
Y sé que es el momento oportuno
Que correrás a abrazarte conmigo
Y te estará mi corazón esperando
Seguro de que no vas a estar nunca sola
Ahí se cumplirán mis sueños, querida
Ahí pasarás a ser mía
Te estremeces cada vez que te toco
Me deseas tanto que salta a la vista

¿Me concedes otro baile lunar, amor mío?
¿Puedo proseguir mi idilio contigo, amor mío?

Es una noche espléndida para un baile lunar
Con las estrellas allá arriba en tus ojos
Fantabulosa noche para un idilio
Al abrigo del cielo otoñal
Con las hojas que caen de los árboles
Al son de la brisa que sopla
Y yo trato de satisfacer el reclamo
Suave y tenue de tu corazón
Cuando la magia de la noche susurra y calla
Y la luz de la luna ilumina tu rubor

Can I just have one more moondance with you, my love?
Can I just make some more romance with you, my love?

One more moondance with you, in the moonlight
On a magic night
In the moonlight
On a magic night
Can I just have one more moondance with you, my love?

¿Me concedes otro baile lunar, amor mío?
¿Puedo proseguir mi idilio contigo, amor mío?

Contigo otro baile lunar, a la luz de la luna
En una noche mágica
A la luz de la luna
En una noche mágica
¿Me concedes otro baile lunar, amor mío?

INTO THE MYSTIC

We were born before the wind
Also younger than the sun
And the bonnie boat was one as we sailed into the mystic
Hark, now hear the sailors cry
Smell the sea and feel the sky
Let your soul and spirit fly into the mystic

And when that foghorn blows I will be coming home
And when the foghorn blows I want to hear it
I don't have to fear it
And I want to rock your gypsy soul
Just like way back in the days of old
And magnificently we will fold into the mystic

When that foghorn blows you know I will be coming home
And when that foghorn whistle blows I gotta hear it
I don't have to fear it
And I want to rock your gypsy soul
Just like way back in the days of old
And together we will fold into the mystic

C'mon, girl
Too late to stop now

HACIA LO MÍSTICO

Nacimos antes que el viento
También más jóvenes que el sol
Y el sol era un barquito en el que zarpamos hacia el misterio
Atenta, que lloran los marineros
Huele el mar y siente el cielo
Deja que alma y espíritu vuelen hacia el misterio

Y cuando suene la sirena estaré de vuelta a casa
Cuando suene la sirena yo quiero escucharla
No debo temerla
Y quiero sacudir tu alma gitana
Como antaño, en otros tiempos
Y fundirnos gloriosamente en el misterio

Cuando suene la sirena sabes que estaré de vuelta
Cuando suene el silbato quiero escucharlo
No debo temerlo
Y quiero sacudir tu alma gitana
Como antaño, en otros tiempos
Y fundirnos en el misterio los dos

Venga, nena
Es tarde para dejarlo

BRAND NEW DAY

When all the dark clouds roll away
And the sun begins to shine
I see my freedom from across the way
And it comes right in on time
Well, it shines so bright and it gives so much light
And it comes from the sky above
Make me feel so free, make me feel like me
And it lights my life with love

And it seems like, and it feels like
And it seems like, and it feels like
A brand new day
A brand new day

I was lost, double-crossed
With my hands behind my back
I was long-time hurt and thrown in the dirt
Shoved out on the railroad track
I've been used, abused and so confused
And I didn't have nowhere to run
But I stood and looked
And my eyes got hooked
On that beautiful morning sun

And it seems like, yes, it feels like
And it seems like, yes, it feels like
A brand new day
A brand new day

And the sun shines down all on the ground
Yeah, and the grass is oh so green
And my heart is still and I've got the will
And I don't really feel so mean
Here it comes, here it comes
Here it comes right now
And it comes right in on time
Well, it eases me and it pleases me
And it satisfi es my mind

NUEVO DÍA

Cuando se disipen los nubarrones
Y el sol se ponga a brillar
Ya veo la libertad ante mí
Que llega justo a tiempo
Brillando del cielo
Con tamaño fulgor
Que me siento libre, siento que soy yo
E ilumina mi vida de amor

Y parece ser, sienta como
Y parece ser, sienta como
Un nuevo día
Un nuevo día

Anduve perdido, traicionado
Con las manos atadas
Humillado y arrojado en el barro
A las vías del tren
Me usaron, abusaron, me extraviaron
No tuve dónde ir
Pero me puse en pie y miré
Y la mirada quedó prendada
Del hermoso sol de la mañana

Y parece ser, sienta como
Y parece ser, sienta como
Un nuevo día
Un nuevo día

Y el sol brilla sobre la tierra
Sí, y la hierba se ve tan verde
Y mi corazón se aplaca, me siento capaz
No siento que tenga maldad
Ahí viene, ahí llega
Ahí viene ya
Justo a tiempo
Me cuida, me gusta
Y sosiega

And it seems like, yes, it feels like
And it seems like, yes, it feels like
A brand new day
A brand new day

Y parece ser, sienta como
Y parece ser, sienta como
Un nuevo día
Un nuevo día

CRAZY FACE

All the people were waiting for Crazy Face
He said he'd meet them at his favourite place
Dressed in black satin, white linen and lace
With his head held high and a smile on his face

And he said
'Ladies and gentlemen, the prince is late'
As he stood outside the churchyard gate
And polished up on his .38 and said
'I got it from Jesse James'

All the people were waiting for Crazy Face
He said he'd meet them in his favourite place
Dressed in black satin, white linen and lace
With his head held high and a smile on his face

He said
'Ladies and gentlemen, the prince is late'
As he stood outside the churchyard gate
And polished up on his .38 and said
'I got it from Jesse James'

CARALOCO

Todos esperaban a Caraloco
Dijo que se vieran en su lugar favorito
Vestido de satín negro y camisa blanca de lino
Con la cabeza erguida y una amplia sonrisa

Y decía:
«Señoras y caballeros, el príncipe se retrasa»
Y estaba ahí tras la verja de la iglesia
Y su calibre 38 bruñía
«Regalo de Jesse James», decía

Todos esperaban a Caraloco
Dijo que se vieran en su lugar favorito
Vestido de satín negro y camisa blanca de lino
Con la cabeza erguida y una amplia sonrisa

Y decía
«Señoras y caballeros, el príncipe se retrasa»
Y estaba ahí tras la verja de la iglesia
Y su calibre 38 bruñía
«Regalo de Jesse James», decía

I'VE BEEN WORKIN'

I've been workin'
I've been workin' so hard
I've been workin'
I've been workin' so hard
I come home
Make love to you, make love to you

I've been grindin'
I've been grindin' so long
I've been grindin'
I've been grindin' so long

Been up the thruway
Down the thruway
Up the thruway, down the thruway
Up, down, back up again

I said woman, woman, woman, woman, woman, woman,
*   woman, woman*
Make me feel so good
Woman, woman, woman, woman, woman, woman, woman, woman
Make me feel alright
Alright, alright, alright, alright
Alright, alright, alright, alright
Alright, alright, alright, alright
Alright, alright, alright, alright

I said woman, woman, woman, woman, woman, woman,
*   woman, woman*
Make me feel so good
Woman, woman, woman, woman, woman, woman, woman, woman
Make me feel alright
Alright, alright, alright, alright
Alright, alright, alright, alright
Alright, alright, alright, alright
Alright, alright, alright, alright

Make me feel so good
Set my soul on fire

ESTUVE TRABAJANDO

Estuve trabajando
Trabajando duro
Estuve trabajando
Trabajando duro
Llegaba a casa
Y te hacía el amor, te hacía el amor

Y estuve sudando
La gota gorda
Y estuve sudando
La gota gorda

Anduve autopista arriba
Y abajo
Autopista arriba y abajo
Arriba y abajo

Dije: «Mujer, mujer, mujer, mujer, mujer, mujer,
    mujer, mujer
Qué bien me sientas
Mujer, mujer, mujer, mujer, mujer, mujer, mujer, mujer»
Me siento bien
Bien, bien, bien, bien
Bien, bien, bien, bien
Bien, bien, bien, bien
Bien, bien, bien, bien

Dije: «Mujer, mujer, mujer, mujer, mujer, mujer,
    mujer, mujer
Qué bien me sientas
Mujer, mujer, mujer, mujer, mujer, mujer, mujer, mujer»
Me siento bien
Bien, bien, bien, bien
Bien, bien, bien, bien
Bien, bien, bien, bien
Bien, bien, bien, bien

Qué bien me sientas
Prende fuego a mi alma

BLUE MONEY

The photographer smiles
Take a break for a while
Take a rest, do your very best
Take five, honey
Five, honey

Search in your bag
Light up a fag
Think it's a drag, but you're so glad
To be alive, honey
Live, honey

Say, when this is all over
You'll be in clover
We'll go out and spend
All of your blue money

Well, the cameraman smiles
Take a break for a while
Do your best, your very best
Take five, honey
Take five

Well, you search in your bag
Light up a fag
Think it's a drag, but you're so glad
To be alive, honey
Live, honey

Say, when this is all over
You'll be in clover
We'll go out and spend
All of your blue money

Say, when this is all over
We'll be in clover
We'll go out and spend
All your blue money

DINERO FÁCIL

El fotógrafo sonríe
Tú descansa un ratito
Reposa, y da el do de pecho
Cinco minutos, guapa
Cinco, cariño

Busca en tu bolso
Enciende un pitillo
Menuda chapa, pero tan contenta estás
De vivir, cariño,
La vida, amor mío

Mira, cuando esto termine
Vivirás a lo grande
Saldremos a gastar
Tu dinero fácil

Y el cámara sonríe
Descansa un ratito
Da el do de pecho
Tómate cinco, guapa,
Cinco minutos

Va, busca en tu bolso
Enciende un pitillo
Menuda chapa, pero tan contenta estás
De vivir, cariño
La vida, amor mío

Y cuando esto termine
Vivirás a lo grande
Saldremos a gastar
Tu dinero fácil

Y cuando esto termine
Vivirás a lo grande
Saldremos a gastar
Tu dinero fácil

Blue money
Juice money
Loose money
Juice money
Loose money, honey
What kind of money, honey
Juice money
Loose money
Blue money

Dinero fácil
Un pastón
La guita
Un pastón
Un pastón, corazón
La guita, nenita
Un pastón
La guita
Dinero fácil

STREET CHOIR

Street choir, sing me the song for the new day
Don't make it long and remember to sing it the old way
Let it all out, let your voice ring in the street now
My fun shall be this one to complete now

Why did you leave America?
Why did you let me down?
And now that things seem better off
Why do you come around?
You know I just can't see you now
In my New World crystal ball
You know I just can't free you now
That's not my job at all

Move it on up, move it on up by the window
Magnificent flow, let it all go in the moon glow
I'll take the wine, I'll take the wine with the gravy
Ask you the time and just send the bill to my baby

Why did you leave America?
Why did you let me down?
And now that things seem better off
Why do you come around?
You know I just can't see you now
In my new world crystal ball
You know I just can't free you now
That's not my job at all

Why did you leave America?
Why did you let me down?
And now that things seem better off
Why do you come around?
You know I just can't see you now
In my new world crystal ball
You know I just can't free you now
That's not my job at all
You know I just can't free you now
That's not my job at all

CORO CALLEJERO

Coro callejero, cántame la canción del nuevo día
Que sea breve y cántala a la vieja usanza
Sácalo todo, que resuene tu voz en la calle
Y completa será ya mi alegría

¿Por qué dejaste América?
¿Por qué me abandonaste?
Y ahora que todo está mejor
¿Por qué regresaste?
Sabes que ahora no puedo verte
En mi bola de cristal del Nuevo Mundo
Y sabes que no puedo liberarte
Ya no tengo arte ni parte

Muévela, muévela hasta la ventana
Flujo fastuoso, que se vierta al fulgor lunar
Me tomo yo el vino, el vino con la salsa
Te pido la hora y la cuenta para mi nena

¿Por qué dejaste América?
¿Por qué me abandonaste?
Y ahora que todo está mejor
¿Por qué regresaste?
Sabes que ahora no puedo verte
En mi bola de cristal del Nuevo Mundo
Y sabes que no puedo liberarte
Ya no tengo arte ni parte

¿Por qué dejaste América?
¿Por qué me abandonaste?
Y ahora que todo está mejor
¿Por qué regresaste?
Sabes que ahora no puedo verte
En mi bola de cristal del Nuevo Mundo
Y sabes que no puedo liberarte
Ya no tengo arte ni parte
Y sabes que no puedo liberarte
Ya no tengo arte ni parte

TUPELO HONEY

You can take all the tea in China
Put it in a big brown bag for me
Sail right round all the seven oceans
Drop it straight into the deep blue sea

She's as sweet as Tupelo honey
She's an angel of the first degree
She's as sweet as Tupelo honey
Just like honey, baby, from the bee

You can't stop us on the road to freedom
You can't keep us 'cause our eyes can see
Men with insight, men in granite
Knights in armour bent on chivalry

She's as sweet as Tupelo honey
She's an angel of the fi rst degree
She's as sweet as Tupelo honey
Just like honey, baby, from the bee

You can't stop us on the road to freedom
You can't stop us 'cause our eyes can see
Men with insight, men in granite
Knights in armour intent on chivalry

She's as sweet as Tupelo honey
She's an angel of the fi rst degree
She's as sweet as Tupelo honey
Just like honey, baby, from the bee

She's alright, she's alright with me
You can take all the tea in China
Put it in a big brown bag for me
Sail it right round all the seven oceans
Drop it smack-dab in the middle of the deep blue sea

She's as sweet as Tupelo honey
She's an angel of the first degree
She's as sweet as Tupelo honey
Just like honey, baby, from the bee

MIEL DE TUPELO

Puedes coger todo el té de la China
Y lo metes en un bolsón de papel
Navegas por los siete mares
Y lo arrojas al mar azul y profundo

Tan dulce como la miel de Tupelo
Es un ángel ideal
Tan dulce como la miel de Tupelo
Nena, como la miel del panal

No podéis pararnos hacia la libertad
Ni frenarnos pues podemos ver
Hombres graníticos, penetrantes
Caballeros de armadura y donaire

Tan dulce como la miel de Tupelo
Es un ángel ideal
Tan dulce como la miel de Tupelo
Nena, como la miel del panal

No podéis pararnos hacia la libertad
Ni frenarnos pues podemos ver
Hombres graníticos, penetrantes
Caballeros de armadura y donaire

Tan dulce como la miel de Tupelo
Es un ángel ideal
Tan dulce como la miel de Tupelo
Nena, como la miel del panal

Es legal, conmigo una tipa legal
Puedes coger todo el té de la China
Y lo metes en un bolsón de papel
Y navegas por los siete mares
Lo arrojas justo al mar azul y profundo

Tan dulce como la miel de Tupelo
Es un ángel ideal
Tan dulce como la miel de Tupelo
Nena, como la miel del panal

Tell a tale of old Manhattan
Adirondack Trailways bus to go
And I'm waiting on my number
And I know my number's going to show

She's as sweet as Tupelo honey
She's an angel of the first degree
She's as sweet as Tupelo honey
Just like the real thing, from the bee

She's alright, she's alright with me

Cuéntame del viejo Manhattan
Y del autobús que lleva hasta allí
Espero que mi número salga
Seguro que va a salir

Tan dulce como la miel de Tupelo
Es un ángel ideal
Tan dulce como la miel de Tupelo
Nena, como la miel del panal

Es legal, conmigo una tipa legal

WHEN THAT EVENING SUN GOES DOWN

I want you to be around
When that evening sun goes down
I want you, be around
Keep my both feet on the ground
When that evening sun goes down
I want you, understand
Little girl, take me by my hand
I want you, understand
I wanna be your loving man
When that evening sun goes down

If it's nice, we'll go for a walk and a stroll in the clear moonlight
Singing a song, won't take long
Everything gonna be alright
And I wanna hold you oh so near
Keep you, darling, from all fear
I wanna hold you oh so near
Nibble on your little ear
When that evening sun goes down

If it's nice, go for a walk, stroll in the clear moonlight
Sing you a song, won't take long
Everything gonna be alright
And I wanna hold you oh so near
Keep you, darling, from all fear
I wanna hold you oh so near
Nibble on your little ear
When that evening sun goes down
When that evening sun goes down
When that evening sun goes down
When that evening sun goes down

CUANDO SE PONGA EL SOL DE LA TARDE

Te quiero cerca de mí
Cuando se ponga el sol de la tarde
Te quiero cerca de mí
Sentir que así piso firme
Cuando se ponga el sol de la tarde
Te deseo, está bien claro
Nena, agárrame de la mano
Te deseo, está bien claro
Que quiero ser tu amante
Cuando se ponga el sol de la tarde

Si hace bueno, saldremos a pasear al claro de luna
Y cantando será un ratito
Todo va a salir bien
Y qué fuerte te estrecharé
Libre de toda amenaza, querida
Qué fuerte te estrecharé
Mordisqueando tu orejita
Cuando se ponga el sol de la tarde

Si hace bueno, saldremos a pasear al claro de luna
Y cantando será un ratito
Todo va a salir bien
Y qué fuerte te estrecharé
Libre de toda amenaza, querida
Qué fuerte te estrecharé
Mordisqueando tu orejita
Cuando se ponga el sol de la tarde
Cuando se ponga el sol de la tarde
Cuando se ponga el sol de la tarde
Cuando se ponga el sol de la tarde

JACKIE WILSON SAID (I'M IN HEAVEN WHEN YOU SMILE)

Dadada da da da, dada da da da
Dadada da da da, dada da da da
Dadada da da da, dada da da da
Dadada da da da, dada da da da

Jackie Wilson said it was 'Reet Petite'
Kinda love you got, knock me off my feet
Let it all hang out, oh let it all hang out

And you know, I'm so wired up
Don't need no coffee in my cup
Let it all hang out, let it all hang out
Watch this

Ting-a-ling-a-ling, ting-a-ling-a-ling-ding
Ting-a-ling-a-ling, ting-a-ling-a-ling-ding
Do da do da do

I'm in heaven, I'm in heaven
I'm in heaven when you smile, when you smile
When you smile, when you smile

And when you walk across the room
You make my heart go, boom, boom, boom
Let it all hang out, baby, let it all hang out

And every time you look that way
Honey child, you make my day
Let it all hang out, what'd the man say, let it all hang out

Ting-a-ling-a-ling, ting-a-ling-a-ling-ding
Ting-a-ling-a-ling, ting-a-ling-a-ling-ding
Do da do da do

I'm in heaven, I'm in heaven
I'm in heaven when you smile, when you smile

I'm in heaven, I'm in heaven
I'm in heaven when you smile, one more time

I'm in heaven, I'm in heaven
I'm in heaven when you smile, when you smile

JACKIE WILSON DIJO (AL CIELO VOY CUANDO SONRÍES)

Dadada da da da, dada da da da
Dadada da da da, dada da da da
Dadada da da da, dada da da da
Dadada da da da, dada da da da

Dijo Jackie Wilson que era «Reet Petite»
Me deja grogui el amor que hay en ti
Suéltate, suéltate

Ya ves ando tan enchufado
Que no tomo café ni cortado
Suéltate, suéltate
Pilla esto

Ting-a-ling-a-ling, ting-a-ling-a-ling-ding
Ting-a-ling-a-ling, ting-a-ling-a-ling-ding
Do da do da do

Voy al cielo, al cielo voy
Y ahí estoy cuando sonríes, si sonríes
Cuando sonríes, si sonríes

Y si cruzas la habitación
Me da un vuelco el corazón
Suéltate, suéltate

Y cuando tu mirada se viene para acá
Criatura, es como el maná
Suéltate, suéltate

Ting-a-ling-a-ling, ting-a-ling-a-ling-ding
Ting-a-ling-a-ling, ting-a-ling-a-ling-ding
Do da do da do

Voy al cielo, al cielo voy
Y ahí estoy cuando sonríes, si sonríes

Voy al cielo, al cielo voy
Y ahí estoy cuando sonríes, otra vez

Voy al cielo, al cielo voy
Y ahí estoy cuando sonríes, si sonríes

GYPSY

You can make out pretty good
When you're on your own
And you'll know just where you are
When you wanna roam

Got the moon above your head
And the road beneath your feet
Pull into a wooded glen
Make your own retreat

Li-a-di, di, di, di, di, di
Li-a-di, di, di, di, di, di
Li-a-di, di, di, di, di, di
Li-a-di, di, di, di, di, di
Li-a-di, di, di, di, di, di
Li-a-di, di, di, di, di, di
Gypsy

Laying underneath the stars
Can be so much fun
Especially when you're feeling good
When you're with the one you love

Sway to sounds of two guitars
Round the campfire bright
Then mellow out like violins
In the morning light

Li-a-di, di, di, di, di, di
Li-a-di, di, di, di, di, di
Li-a-di, di, di, di, di, di
Li-a-di, di, di, di, di, di
Li-a-di, di, di, di, di, di
Li-a-di, di, di, di, di, di
Gypsy

No matter where you wander
No matter where you roam
Any place you hang your hat

GITANA

Te apañas bastante bien
Cuando te lo montas sola
Y sabes adónde vas
Cuando sales a rondar

La luna encima de ti
Y el camino bajo tus pies
Tomas una senda arbolada
Y en un retiro te amparas

Li-a-di, di, di, di, di, di
Li-a-di, di, di, di, di, di
Li-a-di, di, di, di, di, di, di
Li-a-di, di, di, di, di, di
Li-a-di, di, di, di, di, di
Li-a-di, di, di, di, di, di, di
Gitana

Yacer bajo las estrellas
Puede ser gran diversión
Es lo más si te sientes bien
Y estás con quien quieres bien

Mecerse al son de dos guitarras
Junto al fulgor de una fogata
Y sosegarnos como violines
A la luz del alba

Li-a-di, di, di, di, di, di
Li-a-di, di, di, di, di, di
Li-a-di, di, di, di, di, di, di
Li-a-di, di, di, di, di, di
Li-a-di, di, di, di, di, di
Li-a-di, di, di, di, di, di, di
Gitana

Por dónde vayas da igual
El rumbo que tomes da igual
Ahí donde cuelgas la gorra

You know that that is home
Check it out first

Sway to sounds of two guitars
Round the campfire bright
Then mellow out like violins
In the morning light

Li-a-di, di, di, di, di, di
Li-a-di, di, di, di, di, di
Li-a-di, di, di, di, di, di
Li-a-di, di, di, di, di
Li-a-di, di, di, di, di, di
Li-a-di, di, di, di, di, di
Gypsy

Sabes que ése es tu hogar
Ya verás

Mecerse al son de dos guitarras
Junto al fulgor de una fogata
Y sosegarnos como violines
A la luz del alba

Li-a-di, di, di, di, di, di
Li-a-di, di, di, di, di, di
Li-a-di, di, di, di, di, di, di
Li-a-di, di, di, di, di, di
Li-a-di, di, di, di, di, di
Li-a-di, di, di, di, di, di, di
Gitana

LISTEN TO THE LION

And all my love come down
All my love, come tumblin' down
All my love come tumblin' down
All my love, come tumblin' down

Oh listen to the lion
Oh listen, listen
To the lion
Sadly

And I shall search my soul
I shall search my very soul
And I shall search my very soul
I shall search my very soul

For the lion, for the lion
For the lion, for the lion
Inside of me

And all my tears have flown
All my tears, like water flow
And all my tears like water flow
All my tears, like water flow

For the lion, for the lion
For the lion, for the lion
Inside of me

Listen to the lion, listen to the lion
Listen to the lion, listen to the lion

And we sailed and we sailed
And we sailed and we sailed
And we sailed and we sailed
Sailed to Caledonia
And we sailed and we sailed
And we sailed and we sailed and we sailed
Way from Denmark, way up to Caledonia
Way from Denmark, way up to Caledonia

ESCUCHA AL LEÓN

Y todo mi amor se venía
Todo mi amor prorrumpía
Todo mi amor prorrumpía
Todo mi amor prorrumpía

Oh, escucha al león
Sí, escúchale
Es el león
Triste

Y yo indagaré en mi alma
Voy a indagar de verdad
Yo indagaré en mi alma
Voy a indagar de verdad

Por el león, por el león
Por el león, por el león
Que hay en mí

Y mi llanto se ha derramado
Como agua fluye mi llanto
Y como agua fluye mi llanto
Como agua fluye mi llanto

Por el león, por el león
Por el león, por el león
Que vive en mí

Escucha al león, escucha al león
Escucha al león, escucha al león

Navegamos y navegamos
Navegamos y navegamos
Navegamos y navegamos
Zarpamos hacia Caledonia
Navegamos y navegamos
Navegamos y navegamos y navegamos
Lejos de Dinamarca rumbo hacia Caledonia
Lejos de Dinamarca rumbo hacia Caledonia

And we sailed and we sailed and we sailed
All around the world
And we sailed, and we sailed, and we sailed
Lookin' for a brand-new start
And we sailed, and we sailed, and we sailed
All around the world
Lookin' for a brand-new start, a brand-new start
Lookin' for a brand-new start, a brand-new start
And we sailed, and we sailed, and we sailed
And we sailed
Way from the Golden Gate
Way up to the New York City

Navegamos y navegamos y navegamos
Alrededor del mundo
Navegamos y navegamos y navegamos
En pos de un comienzo nuevo
Navegamos y navegamos y navegamos
Alrededor del mundo
En pos de un comienzo nuevo, una vida a estrenar
En pos de un comienzo nuevo, una vida a estrenar
Navegamos y navegamos y navegamos
Navegamos
Lejos del Golden Gate
Rumbo a Nueva York

SAINT DOMINIC'S PREVIEW

Chamois cleaning all the windows
Singin' songs about Edith Piaf's soul
And I hear blue strains of 'Ne Regrette Rien'
Cross the street from Cathedral Notre Dame

Meanwhile back in San Francisco
I try hard to make this whole thing blend
And we sit upon this jagged
Story block with you my friend

And it's a long way to Buffalo
It's a long way to Belfast City too
And I'm hoping that Joyce won't blow the hoist
'Cause this time they bit off more than they can chew

As we gaze out on, as we gaze out on
As we gaze out on, as we gaze out on
Saint Dominic's Preview
Saint Dominic's Preview
Saint Dominic's Preview

All the orange boxes are scattered
Against the Safeway supermarket in the rain
And everybody feels so determined
Not to feel anyone else's pain

No one making no commitments
To anybody but themselves
Talkin' behind closed doorways
Trying to get outside empty shelves

And for every cross-country corner
For every Hank Williams railroad train that cries
And all the chains, badges, flags and emblems
And every strain on the brain and every eye

As we gaze out on, as we gaze out on
As we gaze out on, as we gaze out on
Saint Dominic's Preview

PRELUDIO DE SAINT DOMINIC

Gamuza que limpia todas las ventanas
Cantando canciones sobre el alma de Edith Piaf
Oigo tristes acordes de «Ne regrette rien»
Frente a la catedral de Notre Dame

Entre tanto, en San Francisco
Me esfuerzo para que tenga sentido
Y nos sentamos sobre el aristado
Edificio contigo, amor mío

Hay un largo trecho hasta Buffalo
Y otro tanto hasta Belfast
Ojalá que a Joyce no le estalle en las manos
Porque esta vez han mordido más de lo que pueden masticar

Mientras contemplamos, contemplamos
Mientras contemplamos, contemplamos
El preludio de Saint Dominic
El preludio de Saint Dominic
El preludio de Saint Dominic

Las cajas naranjas ahí sueltas
Bajo la lluvia ante el súper
Y las personas todas resueltas
A no sentir el dolor ajeno

Ya nadie se compromete
Más que consigo mismo
Hablan tras las puertas cerradas
Y tratan de escapar de sus nichos

Y por cada rincón campestre
Y por Hank Williams que gime en sus trenes
Las cadenas, placas, emblemas, banderas
Y cada punzada en los ojos y en la sesera

Mientras contemplamos, contemplamos
Mientras contemplamos, contemplamos
El preludio de Saint Dominic

Saint Dominic's Preview
Saint Dominic's Preview

All the restaurant tables are completely covered
And the record company has paid out for the wine
You got everything in the world you ever wanted
And right about now your face should wear a smile

That's the way it all should happen
When you're in the state you're in
Have you got your pen and notebook ready
Think it's about time, time for us to begin

And meanwhile we're over in a 52nd Street apartment
Socialising with a wino few
I used to be hip and get wet with the jet set
But they was flyin' too high to see my point of view

As we gaze out on, as we gaze out on
As we gaze out on, as we gaze out on
Saint Dominic's Preview
Looked at the man
Saint Dominic's Preview
Looked at the band
Saint Dominic's Preview
Said their freedom marching out in the street
Freedom marching

Out in the street
Looked at the man
Turned around
Come back
Come back
Turned around
Looked at the man
Said, 'Hold on'
St Dominic's Preview
St Dominic's Preview
Soul meeting
St Dominic's Preview

El preludio de Saint Dominic
El preludio de Saint Dominic

En el restaurante todo está reservado
Y la discográfica pagó el vino
Tienes todo lo que deseaste en vida
Y ahora mismo lucirá tu sonrisa

Así es como debería pasar
En el estado en el que estás
¿Tienes lápiz y papel?
Ya es hora, hora de empezar

Y seguimos en un piso de la 52
De charleta con unos cuantos beodos
Estaba en la onda y bebía con la *jet set*
Pero volaban demasiado alto para ver mi perspectiva

Mientras contemplamos, contemplamos
Mientras contemplamos, contemplamos
El preludio de Saint Dominic
Y luego miramos al tipo
El preludio de Saint Dominic
Y miramos también al grupo
El preludio de Saint Dominc
Que entonaba libertad en su marcha
La marcha de la libertad

Afuera en la calle
Miramos al tipo
Nos volvimos
Vuelva
Vuelva
Nos volvimos
Y miramos al tipo
«Espera», dijo
El preludio de Saint Dominic
El preludio de Saint Dominic
Almas congregadas
El preludio de Saint Dominic

SNOW IN SAN ANSELMO

Snow in San Anselmo
And the deer cross by the lights
Of the mission down in old San Rafael
And a madman looking for a fight
A madman looking for a fight

And the massage parlour's open
And the clientele come and they go
And the classic-music station
Plays in the background soft and low
Plays in the background soft and low

And there's silence round the Cascades
And the air is crisp and clear
And the beginnings of the opera
Seem to suddenly appear
Seem to suddenly appear

And the pancake house is always crowded
Open twenty-four hours of every day
And if you suffer from insomnia
You can speed your time away
You can speed your time away

Snow in San Anselmo
My waitress, my waitress, my waitress
Said it was coming down
Said it hadn't happened in over thirty years
But it was laying on the ground
But it was laying on the ground

NIEVE EN SAN ANSELMO

Nieve en San Anselmo
Y pasan ciervos ante el semáforo
De la misión en el viejo San Rafael
Y un chalado busca camorra
Un chalado busca camorra

Ya abrió el salón de masajes
Viene la clientela y se va
Y la emisora de música clásica
Se oye de fondo ambiental
Se oye de fondo ambiental

En las Cascadas reina el silencio
El aire es cristalino y fresco
Y los comienzos de la ópera
Parecen de pronto irrumpir
Parecen de pronto irrumpir

La cafetería siempre está abarrotada
Abierta cada día a todas horas
Y si padeces insomnio
Ahí se te pasa el tiempo
Ahí se te pasa el tiempo

Nieve en San Anselmo
Mi camarera, mi camarera, mi camarera
Ya dijo que iba a caer
«Hace treinta años que no nieva», dijo
Pero yacía sobre la tierra
Pero yacía sobre la tierra

WARM LOVE

Look at the ivy on the old clinging wall
Look at the flowers and the green grass so tall
It's not a matter of when push comes to shove
It's just the hour on the wings of a dove
It's just warm love, it's just warm love

I dig it when you're fancy dressed up in lace
I dig it when you have a smile on your face
This inspiration's got to be on the flow
These invitations got to see it and know
It's just warm love, it's just warm love

And it's ever present everywhere, and it's ever present everywhere
That warm love
And it's ever present everywhere, and it's ever present everywhere
That warm love

To the country we're going
Lay and laugh in the sun
You can bring your guitar along
We'll sing some songs and have some fun

The sky is crying and it's time to go home
And we shall hurry to the car from the foam
Sit by the fire and dry out our wet clothes
It's raining outside from the skies up above
Inside it's warm love, inside it's warm love

And it's ever present everywhere, and it's ever present everywhere
That warm love
And it's ever present everywhere, and it's ever present everywhere
That warm love, can you feel it?

And it's ever present everywhere, and it's ever present everywhere
That warm love
And it's ever present everywhere, and it's ever present everywhere
That warm love

TIERNO AMOR

Mira la hiedra trepando por viejas paredes
Mira el pasto tan alto y las flores
No es cuestión de pasar apuros
Sólo un instante en las alas de la paloma
Es sólo amor tierno, cálido amor

Me gustas vestida de encaje, tan guapa
Me gusta ver una sonrisa en tu cara
Esta inspiración hay que verla fluir
Las incitaciones lo verán y sabrán
Que es sólo amor tierno, cálido amor

Y está siempre vivo y presente, por doquier siempre presente
Ese cálido amor
Y está siempre vivo y presente, por doquier siempre presente
Ese cálido amor

El país adonde vamos
A yacer y reírnos al sol
Puedes traer la guitarra contigo
Cantaremos canciones, será divertido

El cielo se pone a llorar y es hora de ir a casa
Huir de esta espuma hasta el coche
Sentarse junto al fuego y secarnos
Afuera llueve desde arriba en los cielos
Adentro es amor tierno, es cálido amor

Y está siempre vivo y presente, por doquier siempre presente
Ese cálido amor
Y está siempre vivo y presente, por doquier siempre presente
¿Lo puedes sentir este cálido amor?

Y está siempre vivo y presente, por doquier siempre presente
Ese cálido amor
Y está siempre vivo y presente, por doquier siempre presente
Ese cálido amor

HARD NOSE THE HIGHWAY

Hey, kids, dig the first takes
Ain't that some interpretation
When Sinatra sings against Nelson Riddle strings
Then takes a vacation?

Seen some hard times, drawn some fine lines
No time for shoeshine, hard nose the highway

I was tore down at the Dead's place
Shaved head at the organ
But that wasn't half as bad as it was, oh no
Belfast and Boston

Seen some hard times, drawn some fine lines
No time for shoeshine, hard nose the highway

Put your money where your mouth is
Then we can get something going
In order to win you must be prepared to lose sometime
And leave one or two cards showing

Seen some hard times, drawn some fine lines
No time for shoeshine, hard nose the highway

Seen some hard times, drawn some fine lines
No time for shoeshine, hard nose the highway

Further on up the road
Further on up the road
It may not be today
It may be tomorrow

So if you live for today
Got to keep in mind
It may be tomorrow
Yes, further on up the road
Further on up
Further on up
Further on up

A POR ELLO

Ey, chicos, pillad estas tomas
¿No os parece lo más
Cuando canta Sinatra con arreglos de Nelson Riddle
Y luego se toma un respiro?

Pasé por apuros, fijé ciertos límites
Sin zarandajas, hay que ir a por ello

Me machacaron en el lugar de los muertos
Cabeza rapada en el órgano
Pero no fue para nada tan chungo
Como en Belfast y Boston

Pasé por apuros, fijé ciertos límites
Sin zarandajas, hay que ir a por ello

Pon el dinero donde tengas la boca
Y así podremos poner en marcha la cosa
Para ganar hay que estar dispuesto a perder
Y mostrar un poco las cartas

Pasé por apuros, fijé ciertos límites
Sin zarandajas, hay que ir a por ello

Pasé por apuros, fijé ciertos límites
Sin zarandajas, hay que ir a por ello

Más allá por la carretera
Más allá por la carretera
No será hoy quizá
Puede que mañana

Y si vives para hoy
Mejor no lo olvides
Puede que mañana
Sí, más allá por la carretera
Más allá
Más allá
Más allá

Further on up
Further on up
Further on
Up the road
Just might have to hard nose
Hard nose the highway
Hard nose the highway
Just might have to hard nose the highway
Hard nose the highway
Hard nose the highway
Further on

Further on
Further on up the road
I know you paid your dues in Canada
I know you paid your dues in Canada
But you just might
You just might have to hard nose
I hope not
I hope not
But you just might have to
I hope not
I hope not
But you just might have to hard nose
Hard nose the highway
Hard nose the highway

Más allá
Más allá
Más allá
Por la carretera
Habrá que ir
Habrá que ir a por ello
Habrá que ir a por ello
Eso es, habrá que ir a por ello
Habrá que ir a por ello
Habrá que ir a por ello
Más allá

Más allá
Más allá por la carretera
Ya sé que en Canadá te curraste lo tuyo
Ya sé que en Canadá te curraste lo tuyo
Pero puede que
Tengas que ir a por ello
Ojalá no
Ojalá no
Quizá debas
Ojalá no
Ojalá no
Pero quizá debas ir a por ello
Hay que ir a por ello
Hay que ir a por ello

WILD CHILDREN

We were the war children
1945
When all the soldiers came marching home
Love looks in their eyes, in their eyes

Tennessee, Tennessee Williams
Let your inspiration flow
Let it be around while we hear the sound
Of the springtime rivers flow, rivers flow

Rod Steiger and Marlon Brando
Standing with their heads bowed on the side
Crying like a baby thinking about the time
James Dean took that fatal ride, took that ride

Tennessee Williams
Let your inspiration flow
Let it be around to hear the sound
When the springtime rivers flow, rivers flow

And Steiger and Marlon Brando
With their heads bowed on the side
Crying like a baby thinking about the time
James Dean took that fatal ride, took that ride

And we were the wild children
1945
When all the soldiers came marching home from war
With love looks, love looks in their eyes, in their eyes

NIÑOS SALVAJES

Fuimos los niños de la guerra
1945
Cuando los soldados volvieron a casa desfilando
Miradas de amor en sus ojos, en sus ojos

Tennessee, Tennessee Williams
Deja que tu inspiración fluya
Que no se pierda mientras se oye el rumor
De los arroyos que en primavera fluyen

Rod Steiger y Marlon Brando
De pie con la cabeza ladeada
Llorando como un niño al pensar
En James Dean y su accidente fatal

Tennessee Williams
Deja que tu inspiración fluya
Que no se pierda para escuchar el rumor
De los arroyos que en primavera fluyen

Y Steiger y Marlon Brando
Con las cabezas ladeadas
Llorando como críos al pensar
En James Dean y su accidente fatal

Y fuimos los niños salvajes
1945
Cuando los soldados volvieron a casa formando
De la guerra, con miradas de amor en sus ojos

THE GREAT DECEPTION

Did you ever hear about the great deception?
Well, the plastic revolutionaries take the money and run
Have you ever been down to Love City
Where they rip you off with a smile
And it don't take a gun?

Don't it hurt so bad in Love City
Don't it make you want to not bother at all?
And don't they look so self-righteous
When they pin you up against the wall?

Did you ever, ever see the people
With the teardrops in their eyes?
I just can't stand it, stand it no how
Living in this world of lies

Did you ever hear about the rock 'n' roll singers?
Got three or four Cadillacs
Saying, 'Power to the people, dance to the music'
Wants you to pat him on the back

Have you ever heard about the great Rembrandt?
Have you ever heard about how he could paint?
And he didn't have enough money for his brushes
And they thought it was rather quaint

But you know it's no use to heed it
And you know it's no use to think about it
'Cause when you start to think about it
You don't need it

Have you ever heard about the great
Hollywood motion-picture actor
Who knew more than they did?
And the newspapers didn't cover the story
Just decided to keep it hid

Somebody started saying it was an inside job
Whatever happened to him?

EL GRAN ENGAÑO

¿Oíste hablar jamás del gran engaño?
Sí, los rebeldes de salón pillan la guita y a correr
¿Estuviste en Ciudad del Amor alguna vez
Donde te despluman con la sonrisa
Sin sacar un arma?

¿Acaso no te duele Ciudad del Amor?
¿No te empuja a querer pasar de todo?
¿Ves lo santurrones que resultan
Cuando te cuelgan de la pared?

¿Viste jamás a esa gente
Con lágrimas en los ojos?
No puedo soportar ni tolerar
Vivir en este mundo de mentiras

¿Te suena lo de los cantantes de rock
Y sus tres o cuatro cadillacs
Que sueltan «poder para el pueblo, bailemos al son»
Y esperan tu palmadita al hombro?

¿Y sabes lo del gran Rembrandt?
¿Sabes de su don para pintar?
No tenía ni para pinceles
Y era de lo más peculiar

Pero ya sabes que es mejor pasar
Que pensar en ello está de más
Ya que cuando te pones
Te incomoda, la verdad

¿Oíste hablar del estelar
Actor de Hollywood
Que sabía más que los demás?
Y los periódicos ocultaron el caso
Decidieron no hablar más

Alguien dijo que fue un complot
¿Qué fue de él?

Last time they saw him down on the Bowery
With his lip hanging off an old rusty bottle of gin

Have you ever heard about the so-called hippies
Down on the far side of the track?
They take the eyeballs straight out of your head
Say, 'Son, kid, do you want your eyeballs back?'

Did you ever see the people
With the teardrops in their eyes?
Just can't stand it no how
Living in this world of lies

And did you ever hear about the great deception?
Well, the plastic revolutionaries take the money and run
Have you ever been down to Love City
Where they rob you with a smile
Instead of a gun?
Have you ever heard about
The great deception?

Le vieron por última vez en el Bowery
Pegado a una garrafa de gin

¿Oíste hablar de los llamados hippies
Que viven donde acaba el camino?
Te sacan los ojos de las cuencas
Y preguntan, «¿los quieres recuperar?»

¿Viste jamás a esa gente
Con lágrimas en los ojos?
No puedo soportarlo ni tolerar
Vivir en este mundo de mentiras

¿Y oíste hablar del gran engaño?
Los rebeldes de salón pillan la guita y a correr
¿Estuviste en Ciudad del Amor alguna vez
Donde te despluman con la sonrisa
Sin sacar un arma?
¿Oíste hablar
del gran engaño?

BULBS

I'm kicking off from centrefield
A question of being down for the game
The one-shot deal don't matter
And the other one's the same

Oh my friend, I see you
Want you to come through
And they're standing in the shadows
Where the street lights all turn blue

She's leaving Pan-American
Suitcase in her hand
I said her brothers and her sisters
Are all on Atlantic sand

She's screaming through the alleyway
I hear the lonely cry, why can't you?
And her batteries are corroded
And her hundred-watt bulb just blew

La da da da da, da da da da da
La da da da da, da da da da da

She used to hang out down at Miss Lucy's
Every weekend they would get loose
Now Ada was a straight clear case of
Havin' taken in too much juice

It was outside, and it was outside
Just the nature of the person
Now all you got to remember
After all, it's all show biz

La da da da da, da da da da da
La da da da da, da da da da da

We're just screaming through the alleyway
I hear the lonely cry, ah why can't you?
And they're standing in the shadows
Canal Street lights all turn blue

BOMBILLAS

Arranco desde medio campo
Se trata de estar listo para el partido
Las oportunidades únicas dan lo mismo
Y las otras son iguales

Oh, te veo, amigo mío
Y quiero que lo consigas
Ellos están bajo las sombras
Donde azulean las farolas

Sale de Pan-American
Maleta en mano
Sus hermanas y sus hermanos
Ya están en la otra orilla

Grita por el callejón
Oigo su desolado llanto, ¿tú no?
Sus pilas se han oxidado
Y su bombilla de 100 estalló

La da da da da, da da da da da
La da da da da, da da da da da

Se solía pasar por el garito de Lucy
Se soltaban el fin de semana
Y Ada era el caso más claro
De acodarse sin tasa a la barra

Era afuera, ya digo, afuera
Está en el talante de cada cual
Y lo que no cabe olvidar
Es que esto es la farándula

La da da da da, da da da da da
La da da da da, da da da da da

Gritamos por el callejón
Oigo el desolado llanto, ¿tú no?
Y ellos están bajo las sombras
En Canal Street azulean las farolas

And they're standing in the shadows
Where the street lights all turn blue
And they're standing in the shadows
Down where the street lights all turn blue

Sí, se están bajo las sombras
Donde azulean las farolas
Sí, se están bajo las sombras
Allí donde azulean las farolas

COMFORT YOU

I wanna comfort you
I wanna comfort you
I wanna comfort you

Just let your tears run wild
Like when you were a child
I'll do what I can do
I wanna comfort you

You put the weight on me
You put the weight on me
You put the weight on me

When it gets too much for me
When it gets too much, much too much for me
I'll do the same thing that you do
And I'll put the weight on you

I'll put the weight on you
I'll put the weight on you
And I'll do the same thing that you do
I'll put the weight on you

I wanna comfort you
I wanna comfort you
And I wanna comfort you

Just let your tears run wild
Like when you were a child
I'll do what I can do
I just wanna comfort you

CONSOLARTE

Te quiero consolar
Te quiero consolar
Te quiero consolar

Llora desconsolada
Como cuando de niña
Haré lo que bien pueda
Te quiero consolar

Me haces cargar con todo
Me haces cargar con todo
Me haces cargar con todo

Cuando no pueda más
No pueda más, no pueda más
Haré lo mismo que tú
Y vas a encargarte tú

Vas a encargarte tú
Vas a encargarte tú
Haré lo mismo que tú
Vas a encargarte tú

Te quiero consolar
Te quiero consolar
Y consolar

Llora desconsolada
Como cuando de niña
Haré lo que bien pueda
Te quiero consolar

COME HERE MY LOVE

Come here, my love
This feeling has me spellbound
It's a storyline, in paragraphs laid down in song
In fathoms of my inner mind
I'm mystified, oh, by this mood
This melancholy feeling that just don't do no good

Come here, my love
And I will lift my spirits high for you
I'd like to fly away and spend a day or two
Just contemplating fields and leaves and talking about nothing
Just layin' down in shades of effervescent, effervescent odours
And shades of time and tide
And flowing through
Become enraptured by the sights and sounds and intrigue of
    nature's beauty
Come along with me
And take it all in
Come here, my love

VEN AQUÍ, AMOR MÍO

Ven aquí, amor mío
Que siento el hechizo
De este cuento que se cuenta en canción
Con sus fantasmas del alma
Ando perdido, ay, por esta sensación
Esta melancolía que en nada ayuda

Ven aquí, amor mío
Y toda mi alegría será por ti
Alejémonos a pasar un día o dos
A contemplar follaje y prados, a platicar
Yaciendo a la sombra de efervescentes aromas
Sombras de tiempo y mareas
Que vamos a surcar
Embrujados por impresiones, sonidos, el misterio
    de la belleza natural
Vente conmigo
Abrázalo todo
Ven aquí, amor mío

CUL-DE-SAC

In the cul-de-sac
Soft, clean eiderdown
Lay you down awhile
And take your rest

It's been much too long
Since you drifted into song
Relax yourself
And hide away

A trifle far
Nearest star
Mount Palomar
And we don't care who you know
It's what you are and who you are

And when they all go home
Down the cobblestones
You can double back
To a cul-de-sac
You can double back
To a cul-de-sac
You can double back
To a cul-de-sac

CALLEJÓN SIN SALIDA

En el callejón sin salida
Un edredón limpio y suave
Échate un rato
Y reposa

Ya pasó mucho tiempo
Desde que te perdiste en una canción
Relájate
Y escóndete

No muy lejos
La estrella más a mano
Monte Palomar
Qué más da a quién conoces
Importa qué eres y quién

Y cuando se vayan todos a casa
Sobre los adoquines
Puedes volverte
Al callejón sin salida
Puedes volverte
Al callejón sin salida
Puedes volverte
Al callejón sin salida

IT FILLS YOU UP

There's something going on
It fill you up, it fill you up, it fill you up now
There's something going on
It fill you up, it fill you up, it fill you up now

But you don't know what it is
But you don't know what it is
But you don't have to know
You just take it for what it is

Within this melody
It fill you up, it fill you up, it fill you up now
There's more than you can see
It fill you up, it fill you up, it fill you up now

There's another realm
There's another world
With kings and queens

That's why you got to testify
It fill you up, it fill you up, it fill you up now
You gotta do and die
It fill you up, it fill you up, it fill you up now

You got to stay on the music and move
You got to turn on the music and groove
Every, every, every day

You know what I'm talking about
It fill you up, it fill you up
It fill you up, it fill you up, it fill you up now
It fill you up, it fill you up, it fill you up now
It fill you up, it fill you up, it fill you up now
Get you rolling in the morning
It fill you up, it fill you up, it fill you up now
Work out a few kinks
It fill you up, it fill you up, it fill you up now
It fill you up to the brim, Jim
It fill you up, it fill you up, it fill you up now

TE LLENA

Pasa algo
Que te invade, te invade, te invade ya
Pasa algo
Que te invade, te invade, te invade ya

Pero no sabes qué es
Pero no sabes qué es
Ni tienes por qué
Basta con que esté

Con esta melodía
Te invade, te invade, te invade ya
Hay más de lo que ves
Te invade, te invade, te invade ya

Existe otro reino
Existe otro mundo
Con reyes y reinas

Y así debes testificar
Te invade, te invade, te invade ya
Hay que tirar, morir
Te invade, te invade, te invade ya

Menea y siente la música
Sube la música y baila
Cada, cada, cada día

Ya sabes de qué estoy hablando
Te invade, te invade
Te invade, te invade, te invade ya
Te invade, te invade, te invade ya
Te invade, te invade, te invade ya
Te pone en marcha por la mañana
Te invade, te invade, te invade ya
Y sintonizas
Te invade, te invade, te invade ya
Te colma hasta el colmo
Te invade, te invade, te invade ya

Lord have mercy
It fill you up, it fill you up, it fill you up now
It fill you up, it fill you up, it fill you up now
Come here, baby
It fill you up, it fill you up, it fill you up now

Señor, ten piedad
Te invade, te invade, te invade ya
Te invade, te invade, te invade ya
Nena, vente para acá
Te invade, te invade, te invade ya

COLD WIND IN AUGUST

I waited for you
You waited for me
Well, it seemed like
Seemed like a mighty long time

Baby, I had to have you
You know I had to have you
Come rain, rain or shine
It was a cold wind in August
Shivers up and down my spine
I would stand in your garden
In the California pine

I was standin' shiverin'
I got the fever in the rain
But I kept coming back to see you
Again and again and again

I said I had to have you
Baby, I had to have you
Come rain, come rain or shine
It was a cold wind in August
Shivers up and down my spine
I would stand in your garden
In the California pine, California pine

It was a cold wind in August
Shivers up and down my spine
I would stand in your garden
In the California pine, in the California pine
It was a cold wind in August
I was pushed on through September
And I was pushin' through September in the rain
Pushin' through, pushin' through September in the rain

It was a cold wind in August
Shivers up and down my spine
I would stand, stand in your garden
In the California pine

VIENTO FRÍO EN AGOSTO

Yo te esperé
Tú me esperaste
Y pareció
Pareció una larguísima espera

Nena, yo quería tenerte
Ya sabes que lo quería
Hiciera sol o lloviera
Fue un viento de agosto, frío
Por el espinazo sentí escalofríos
Y me estuve ahí en tu jardín
Bajo el pino de California

Allí estaba temblando
Bajo la lluvia enfermé
Pero seguí yendo a verte
Una, otra y otra vez

Dije que quería tenerte
Nena, yo quería tenerte
Hiciera sol o lloviera
Fue un viento de agosto, frío
Por el espinazo sentí escalofríos
Y me quedé ahí en tu jardín
Bajo el pino de California, aquel pino

Fue un viento de agosto, frío
Por el espinazo sentí escalofríos
Me quedé ahí en tu jardín
Bajo el pino de California, aquel pino
Fue un viento de agosto, frío
Que me empujó hacia septiembre
Y en la lluvia me abrí camino a septiembre
En la lluvia me abrí camino, me abrí camino a septiembre

Fue un viento de agosto, frío
Por el espinazo sentí escalofríos
Me quedé ahí en tu jardín
Bajo el pino de California

KINGDOM HALL

So glad to see you
So glad you're here
Come here beside me now
We can clear inhibition away
All inhibitions
Throw them away
And when we dance like this
We will dance like we've never before

Oh they were swingin'
Down at the Kingdom Hall
Oh bells were ringin'
Down at the Kingdom Hall
A choir was singin'
Down at the Kingdom Hall
They went
'Hey, liley, liley, liley,
Hey, liley, liley, low'

Good body music
Brings you right here
Free-flowin' motion now
When we're shakin' it out on the floor
Good rockin' music
Down in your shoes
And when we dance like this
Like we've never been dancin' before

They were swingin'
Down at the Kingdom Hall
Oh bells were ringin'
Down at the Kingdom Hall
A choir was singin'
Down at Kingdom Hall
They went
'Hey, liley, liley, liley,
Hey, liley, liley, low'

SALÓN DEL REINO

Qué bueno verte
Qué bien que estés
Vente a mi vera
Nos libraremos
De todas las inhibiciones
Las perderemos
Y al bailar así
Bailaremos como nunca fue

Oh, cómo se meneaban
En el salón del Reino
Y las campanas tañían
En el salón del Reino
Un coro cantaba
En el salón del Reino
Y entonaban
«Hey, liley, liley, liley
Hey, liley, liley, low»

Qué buena música
Te transporta hasta aquí
Venga a soltarse ya
Y a sacudirnos en la pista
Buena música rock
En tus zapatos
Y al bailar así
Es como nunca bailamos

Sí, se meneaban
En el salón del Reino
Ah, las campanas tañían
En el salón del Reino
Un coro cantaba
En el salón del Reino
Y entonaban
«Hey, liley, liley, liley
Hey, liley, liley, low»

They were swingin'
Down at the Kingdom Hall
Bells were ringin'
Down at the Kingdom Hall
A choir was singin'
Down at the Kingdom Hall
They went
'Hey, liley, liley, liley,
Hey, liley, liley, low'

They were swingin'
Down at the Kingdom Hall
Oh bells were ringin'
Down at the Kingdom Hall
A choir was singin'
Down at the Kingdom Hall
They all went
'Hey, liley, liley, liley,
Hey, liley, liley, low

'Hey, liley, liley,
Hey, liley, low, low, low'
Down at the Kingdom Hall
Bells were ringin' out
And the choir was singin'
And the choir was singin'
'Hey, liley, liley,
Hey liley low, liley low, liley low,

Do do, do do, do do, do do'
Sugar was tough
Sugar was rough
Did you see Sugar?
Down at the Kingdom Hall
They were havin' a party
They were havin' a ball
And the people were dancin'
Down at the Kingdom Hall
Sugar was tough
Sugar was tough

Sí, se meneaban
En el salón del Reino
Ah, las campanas tañían
En el salón del Reino
Un coro cantaba
En el salón del Reino
Y entonaban
«Hey, liley, liley, liley
Hey, liley, liley, low»

Sí, se meneaban
En el salón del Reino
Ah, las campanas tañían
En el salón del Reino
Un coro cantaba
En el salón del Reino
Y entonaban
«Hey, liley, liley, liley
Hey, liley, liley, low»

«Hey, liley, liley
Hey, liley, low, low, low»
En el salón del Reino
Las campanas tañían
Y el coro cantaba
El coro cantaba
«Hcy, liley, liley,
Hey liley low, liley, low, liley, low,

Du, du, du du, du du, du du»
Qué duro era Sugar
Qué áspero Sugar
¿Visteis a Sugar?
En el salón del Reino
Tenían montada una fiesta
Celebraban un baile
Y la gente bailaba
En el salón del Reino
Qué duro era Sugar
Qué áspero Sugar

WAVELENGTH

This is a song about your wavelength
And my wavelength, baby
You turn me on
When you get me on your wavelength now
Yeah, yeah, yeah, yeah, yeah
With your wavelength
Oh with your wavelength
With your wavelength
With your wavelength
Oh mama, oh mama, oh mama
Oh mama, oh mama, oh mama, oh mama

Wavelength
Oh my, my
Wavelength
You never let me down, no, no
You never let me down, no, no

When I'm down you always comfort me
When I'm lonely, child, you see about me
You are everywhere you're supposed to be
And I can get your station
When I need rejuvenation

Wavelength
Oh my, my
Wavelength
You never let me down, no, no
You never let me down, no, no

I heard the Voice of America
Callin' on my wavelength
Tellin' me to tune in on my radio
I heard the Voice of America
Callin' on my wavelength
Singin', 'Come back, baby,
Come back,
Come back, baby
Come back'

LONGITUD DE ONDA

Ésta es una canción sobre tu longitud de onda
Y la mía, nena
Me pones
Cuando me sintonizas a tu onda
Yeah, yeah, yeah, yeah, yeah
Con tu onda
Oh, tu onda
Con tu onda
Con tu onda
Oh, tía, oh, tía, tía
Oh, tía, oh, tía, tía, tía

La onda
Oh, la mía
Mi onda
Nunca me fallas, no, no
Nunca me fallas, no, no

Si ando mal me consuelas siempre
Niña, si estoy solo, tú me cuidas
Estás siempre en tu sitio
Me pongo tu emisora
Y no siento ya las horas

La onda
Oh, la mía
Mi onda
Nunca me fallas, no, no
Nunca me fallas, no, no

Escuché la Voz de América
Llamándome a mi onda
Para que sintonizara la radio
Escuché la Voz de América
Llamándome a mi onda
Y cantando, «Vuelve, nena,
Vuelve,
Vuelve, nena,
Vuelve»

*Won't you sing that song again for me
About my lover, my lover in the grass?
You have told me 'bout my destiny
Singin', 'Come back, baby,
Come back,
Come back, baby,
Come back'*

*Wavelength
Oh my, my
Wavelength
You never let me down, no, no
You never let me down, no, no*

*When you get me on
When you get me on your wavelength
When you get me
Oh yeah, Lord
You get me on your wavelength*

*You got yourself a boy
When you get me on
Get me on your wavelength
Ya radio, ya radio, ya radio
Ya radio, ya radio, ya radio
Ya radio, ya radio, ya radio
Ya radio, ya radio, ya radio*

¿No me cantarás la canción de nuevo
Aquella de mi amante en la hierba tendida?
Ya me contaste mi destino
Cantando, «Vuelve, nena
Vuelve,
Vuelve, nena,
Vuelve»

La onda
Oh, la mía
Mi onda
No me fallas nunca, no
No me fallas nunca, no

Cuando me sintonizas
Cuando me sintonizas a tu onda
Cuando me pillas
Oh, sí, Dios
Me sintonizas a tu onda

Te me ganas como un crío
Cuando me sintonizas
A tu onda
Tu radio, tu radio, tu radio
Tu radio, tu radio, tu radio
Tu radio, tu radio, tu radio
Tu radio, tu radio, tu radio

BRIGHT SIDE OF THE ROAD

From the dark end of the street
To the bright side of the road
We'll be lovers once again
On the bright side of the road

Little darlin', come with me
Won't you help me share my load
From the dark end of the street
To the bright side of the road?

And into this life we're born
Baby, sometimes, sometimes we don't know why
And time seems to go by so fast
In the twinkling of an eye

Let's enjoy it while we can
Won't you help me share my load
From the dark end of the street
To the bright side of the road?

And into this life we're born
Baby, sometimes, sometimes we don't know why
And it seems to go by so fast
In the twinkling of an eye

Let's enjoy it while we can
Help me sing my song
Little darlin', come alone
On the bright side of the road

From the dark end of the street
To the bright side of the road
Little darlin', come along
On the bright side of the road

From the dark end of the street
To the bright side of the road
We'll be lovers once again
On the bright side of the road

LA PARTE SOLEADA DEL CAMINO

Del extremo oscuro de la calle
A la parte soleada del camino
Seremos amantes de nuevo
En la parte soleada del camino

Corazón mío, ven aquí
¿Me ayudas a cargar lo mío
Del extremo oscuro de la calle
A la parte soleada del camino?

Y a esta vida nacemos
Nena, ni sabemos por qué algunas veces
Tan veloz pasa el tiempo, parece
Que pasa en un periquete

Disfrutemos si se puede
¿Me ayudas a cargar lo mío
Del extremo oscuro de la calle
A la parte soleada del camino?

Y a esta vida nacemos
Nena, ni sabemos por qué algunas veces
Tan veloz pasa el tiempo, parece
Que pasa en un periquete

Disfrutemos mientras dure
Ayúdame a cantar mi canción,
Ven conmigo, corazón
A la parte soleada del camino

Del extremo oscuro de la calle
A la parte soleada del camino
Ven conmigo, corazón
A la parte soleada del camino

Del extremo oscuro de la calle
A la parte soleada del camino
Seremos amantes de nuevo
En la parte soleada del camino

So we'll be lovers once again
On the bright side of the road

We'll be lovers once again
On the bright side of the road

Seremos amantes de nuevo
En la parte soleada del camino

Seremos amantes de nuevo
En la parte soleada del camino

ROLLING HILLS

Among the rolling hills
I'll live my life in Him
Well, I will live my life in Him
Among the rolling hills

And with my wife and child
I'll do no man no ill
Oh I will do no man no ill
Among the rolling hills

De de de de de de de de de
De de de de de de de de

Well, among the rolling hills
I read my Bible still
Oh I will read my Bible still
Among the rolling hills

With my pen I'll write my song
Among the rolling hills
With my pen I'll write my song
Among the rolling hills

De de de de de de de de de
De de de de de de de

And I will do my jig
Among the rolling hills
And I will do my jig and live
Among the rolling hills

With my pen I'll write my song
Among the rolling hills
With my pen I'll write my song
Among the rolling hills

And I'll stand and watch it all
Among the rolling hills
And I will stand and watch it all
Among the rolling hills

LOMAS

Entre suaves lomas
Viviré mi vida en Él
Viviré mi vida en Él
Entre suaves lomas

Y con mi esposa e hijo
No le haré mal a nadie
No, no le haré mal a nadie
Entre las suaves lomas

De de de de de de de de
De de de de de de de de

Así, entre las suaves lomas
Mi Biblia seguiré leyendo
Oh, la seguiré leyendo
Entre las suaves lomas

Escribiré con mi pluma una canción
Entre las suaves lomas
Escribiré con mi pluma una canción
Entre las suaves lomas

De de de de de de de de
De de de de de de de de

Y ejecutaré mi baile
Entre las suaves lomas
Voy a bailar, voy a vivir
Entre las suaves lomas

Escribiré con mi pluma una canción
Entre las suaves lomas
Escribiré con mi pluma una canción
Entre las suaves lomas

Me pondré en pie y lo veré todo
Entre las suaves lomas
Me pondré en pie y lo veré todo
Entre las suaves lomas

De de de de de de de de de
De de de de de

Take out my pen and write my song
Among the rolling hills
Take out my pen and write my song
Among the rolling hills
I'll take out my pen and write my song
Among the rolling hills

De de de de de de de de de
De de de de de

Sacaré la pluma para mi canción
Entre las suaves lomas
Sacaré la pluma para mi canción
Entre las suaves lomas
Sacaré la pluma y la escribiré
Entre las suaves lomas

AND THE HEALING HAS BEGUN

And we'll walk down the avenue again
And we'll sing all the songs from way back when
And we'll walk down the avenue again
When the healing has begun

And we'll walk down the avenue in style
And we'll walk down the avenue and we'll smile
And we'll say, 'Baby, ain't it all worthwhile'
When the healing has begun

I want you to put on your pretty summer dress
You can wear your Easter bonnet and all the rest
And I wanna make love to you, yes, yes, yes
When the healing has begun
When the healing has begun

When you hear the music ringing in your soul
And you feel it in your heart and it grows and grows
And it came from the backstreet rock 'n' roll
When the healing has begun
That's where you come from, man

I want you to put on your, your old summer red dress
Put on your Easter bonnet and all the rest
And I wanna make love to you, yes, yes
When the healing has begun
I can't stand myself

We're gonna make music underneath the stars
We're gonna play to the violin and the two guitars
And we'll sit there for playing in hours
For hours, and hours, and hours, and hours, and hours
And hours, and hours, and hours
When the healing has begun
And hours, and hours, and hours, and hours
When the, when the healing has begun
Wait a minute

Y LA CURACIÓN YA EMPEZÓ

Pasearemos por la avenida otra vez
Y cantaremos las canciones de antaño
Pasearemos por la avenida otra vez
Cuando la curación empiece

Y pasearemos por la avenida, elegantes
Pasearemos por la avenida, sonrientes
Y diremos, «Nena, ¿a que ya no escuece?»
Cuando la curación empiece

Quiero verte con el bonito vestido estival
Y te puedes poner tu sombrero pascual
Y quiero hacerte el amor, por favor
Cuando la curación empiece
Cuando la curación empiece

Cuando sientas la música resonar en tu alma
La sientas en tu corazón más y más
Desde los callejones del rocanrol
Cuando empiece la curación
Ahí es de dónde vienes, chaval

Quiero verte con el bonito vestido estival
Y te puedes poner tu sombrero pascual
Y quiero hacerte el amor, por favor
Cuando empiece la curación
Más no me soporto

Compondremos música bajo las estrellas
Tocaremos el violín y guitarras
Ahí sentados tocaremos por horas
Horas y horas y horas y horas y horas
Y horas y horas y horas
Cuando la curación empiece
Y horas y horas y horas y horas
Cuando la curación, la curación empiece
Un minuto, atiende

Listen, listen, listen, listen
I didn't know you stayed up so late
Ah you know I just got home from a, from a gig
I saw you standing on the street
Just let me move on up here
There's a windowsill a little bit here
Yeah, as I got some, dig some sherry, a drop of port
Yeah, I want you to come on in behind
Behind this door here
Why don't you just move on up this letterbox?
Why don't we just go in your front room and
Just sit down on the settee?
I'll just move on a little, a little bit now
Yeah, I gotta play this Muddy Waters record you got here
If you just open up a little bit there and just let me
Come on in, you know some backstreet jelly roll

We're gonna stay out all night long
And then we're gonna go out and roam across the fields
Baby, you know how I feel
When the healing has begun
When the healing, when the healing has begun
When the healing, when the healing has begun
We're gonna dance, we're gonna stay out all night long
We're gonna dance to the rock 'n' roll
When the healing has begun
Oh baby, now you just let me ease on a little bit
Dig this backstreet jelly roll

And the healing, and the healing has begun
And the healing has begun
And the healing, and the healing

Oye, oye, oye, oye
No sabía que trasnochaste
Y ya sabes, acabo de llegar de un bolo, un bolo
Te vi allí parada en la calle
Déjame asomarme hasta ahí
Al alféizar justo allí
Sí, mientras... ¿quieres jerez, una gota de oporto...?
Sí, quiero que te vengas atrás
Tras esa puerta de aquí
¿Por qué no apartas este buzón?
¿Por qué no vamos a tu habitación
Y nos sentamos en el diván?
Me moveré sólo un poco, un poquito
Sí, tengo que poner a Muddy Waters
Si te abres un poco ahí y me dejas solo...
Venga, que ya conoces los juegos de cama

Saldremos toda la noche
Y vamos a vagar por los campos
Nena, ya sabes cómo me siento
Cuando la curación empieza
Cuando la curación, cuando la curación ya empezó
Cuando la curación, cuando la curación ya empezó
Vamos a bailar, saldremos toda la noche
Vamos a bailar rocanrol
Cuando la curación ya empezó
Oh, nena, déjame acomodarme un poquito
Me gustan esos jueguecitos

Y la curación, y la curación ya empezó
La curación ya empezó
Y la curación, la curación

YOU KNOW WHAT THEY'RE WRITING ABOUT

You know
You, you know what they're writing about
Baby, you, you know what they're talking about
Baby, you, you know what they're writing about
Baby, you know, you know what they're talking about

It's a thing called love
Down through the ages
It makes you wanna cry sometime
It makes you feel like you wanna lay down and die sometime
It make you high sometime
But when you really get in, in, in, in
It lifts you right up
You know what
You know what
You know what they're talking about
Baby, you, you, you, you, you, you, you, you, you know what
What they're writing about

It's a thing
It's a thing
It's love, baby

Ain't it a wonderful game?
Ain't it a wonderful, a marvellous game?

Ain't it a wonderful, ain't it a wonderful
Ain't it a wonderful game?
Yeah, when there's no more words to say about love, about love
It's all in the game, you know what they're talking about
Meet me down, meet me down
Meet me down by the river, baby
Meet me down, meet me down by the river

Meet me down, meet me down
Meet me by, by the water
Meet me down by the water
Baby, you know, I said you know what they're
You know what they're talking about

YA SABES DE QUÉ ESCRIBEN

Ya sabes
Tú, ya sabes de qué escriben
Nena, tú, ya sabes de qué están hablando
Nena, tú, ya sabes de lo que escriben
Nena, ya sabes, ya sabes de qué están hablando

Es algo que llamaron amor
A lo largo de todas las eras
A veces da ganas de ponerse a llorar
También a veces de echarte y morir
O te sientes dispuesto a volar
Pero cuando te metes, te metes de verdad
Te hace levitar
Ya lo sabes
Lo sabes
Ya sabes de qué están hablando
Nena, tú, tú, tú, tú, tú, tú ya sabes
De lo que escriben

Es algo
Una cosa
Es amor, nena

¿No es un juego fantástico?
¿No es un juego maravilloso y fantástico?

¿No es un maravilloso, un maravilloso
Un juego maravilloso?
Sí, cuando ya no hay palabras que añadir al amor, al amor
Está todo en el juego, ya sabes de qué andan hablando
Nos veremos, nos veremos
Nos veremos abajo en el río, nena
Nos veremos, nos veremos abajo en el río

Nos veremos, nos veremos
Nos vamos a ver en la orilla
Quedamos ahí junto al agua
Nena, ya sabes, dije que ya sabes
Sabes de lo que andan hablando

I want you to meet me, meet me down by the pylons
Meet me down by the pylons, meet me down by the pylons
Meet me down by the pylons

Meet me, I said meet me
I've got something I want to give to you
I've got something I want to give you
I want you to meet me
I want you to meet me
I want you to meet me

Are you there, I want you to meet me
Are you there, I want you to meet me
Are you there, are you there?
And you're there, and you're there
I want you to meet me
And no, no, no, no, no, no
And no, no, no
And no
And no, and no, no
And no
And no
I want you to meet
Are you, are you there?
I want you to be
Are you there?
I want you to meet me
Are you
Are you there, I want you to meet me
There
Are you there?
I want you to meet
Are you there, I want you to meet me
Are you there?
And no, no, no
And no, and no, and no
Are you there?
I want you to meet me

Quiero que nos veamos donde los postes eléctricos
Vente hasta ahí, hasta los postes
Nos vemos allí en los postes

Veámonos, digo
Tengo algo que darte
Tengo algo que darte
Quiero que nos veamos
Quiero que nos veamos
Quiero que nos veamos

¿Estás ahí?, quiero que nos veamos
¿Estás ahí?, quiero que nos veamos
¿Estás ahí, estás ahí?
Y lo estás, estás ahí
Quiero que nos veamos
Y no, no, no, no, no
Y no, no, no
Y no
Y no, y no, no
Y no
Y no
Quiero que estés
¿Estás ahí, estás ahí?
Quiero que
¿Estás ahí?
Quiero que nos veamos
¿Estás?
¿Estás ahí? Quiero que nos veamos
Allí
¿Estás ahí?
Quiero que
¿Estás ahí?, quiero que nos veamos
¿Estás ahí?
Y no, no, no
Y no, y no, y no
¿Estás ahí?
Quiero que nos veamos

SUMMERTIME IN ENGLAND

Will you meet me in the country
In the summertime in England?
Will you meet me
Will you meet me in the country
In the summertime in England?
Will you meet me?
We'll go riding up to Kendal in the country
In the summertime in England
Did you ever hear about
Did you ever hear about
Did you ever hear about Wordsworth and Coleridge?
Did you ever hear about Wordsworth and Coleridge?
They were smokin' up in Kendal
By the lakeside

Can you meet me in the country in the long grass
In the summertime in England?
Will you meet me
With your red robe dangling all around your body
With your red robe dangling all around your body?
Will you meet me?
Did you ever hear about, did you ever hear about
Did you ever hear about, did you ever hear about
Did you ever hear about, did you ever hear about
William Blake
T. S. Eliot
In the summer
In the countryside?
They were smokin'
Summertime in England

Won't you meet me down by Bristol
Meet me along by Bristol?
We'll go riding down
Down by Avalon
Down by Avalon
Down by Avalon
In the countryside in England
With your red robe dangling, with your red robe dangling all

VERANO EN INGLATERRA

¿Vendrás a verme al campo
De Inglaterra este verano?
¿Vendrás…
¿Vendrás a verme al campo
De Inglaterra este verano?
¿Vendrás?
Iremos en bici hasta Kendal, por el campo
De Inglaterra este verano
¿Oíste alguna vez hablar…
¿Oíste alguna vez hablar…
¿Oíste alguna vez hablar de Wordsworth y Coleridge?
¿Oíste alguna vez hablar de Wordsworth y Coleridge?
Están en Kendal fumando
A la orilla del lago

¿Puedes venir al campo en la hierba
De Inglaterra este verano?
¿Vendrás
Con el vestido rojo ondeando por tu cuerpo
Con el vestido rojo ondeando por tu cuerpo?
¿Vendrás?
¿Oíste alguna vez hablar, oíste hablar alguna vez
Oíste alguna vez hablar, oíste hablar alguna vez
Oíste alguna vez hablar, oíste hablar alguna vez
De William Blake
T. S. Eliot
En verano
En el campo?
Estaban ahí fumando
En Inglaterra en el verano

¿No te vendrás conmigo a Bristol
Y nos vemos allá en Bristol?
Bajaremos en bici
Hasta Avalon
Hasta Avalon
Hasta Avalon
En el campo en Inglaterra
Con el vestido rojo ondeando, con el rojo vestido ondeando

    around your body free
Let your red robe go
Go ridin' down by Avalon
Would you meet me in the country
In the summertime in England?
Would you meet me
In the church of St John
In the church of St John
In the church of St John
Down by Avalon
Down by Avalon
Down by Avalon
Down by Avalon?

Holy magnet
Give you attraction
I was attracted to you
Your coat was old, ragged and worn
And you wore it down through the ages
Ah the sufferin' did show in your eyes as we spoke
And the gospel music
The voice of Mahalia Jackson came through the ether

Oh my common one with the coat so old
And the light in the head
Said, Daddy, don't stroke me
Call me the common one
I said, oh the common one, my illuminated one
Oh my high-in-the-art-of-sufferin' one
Take a walk with me, take a walk with me down by Avalon
Oh my common one with the coat so old
And the light in the head
Keep the sufferin' so fine, and the sufferin' so fine
Take a walk with me down, down by Avalon
And I will show you it ain't why, why, why
It ain't why, why, why
It ain't why, why, why
It just is

Will you meet me in the country?
Will you meet me in the long grass down the country in the summertime?

en torno a tu cuerpo libre
Deja que tu vestido rojo
Se suelte y vaya hasta Avalon
¿Te vendrás conmigo al campo
De Inglaterra este verano?
¿Te vendrás conmigo
A la iglesia de San Juan
A la iglesia de San Juan
A la iglesia de San Juan
En Avalon
En Avalon
En Avalon
En Avalon?

El imán santo
Te imantó
Y sentí tu atracción
Tu viejo abrigo estaba raído y astroso
Lo llevaste durante siglos
Ay, el sufrimiento se veía al hablar, en tus ojos
Y la música góspel
Mahalia Jackson se desplazaba en el éter

Ah, tú, la normal, con tu viejo abrigo
Y la luz en la cabeza
Dijiste: «Papi, no me acaricies
La normal llámame»
Dije: «Oh, la normal, mía, luminosa»
Oh, la doliente más consumada
Pasea conmigo, pasea conmigo por Avalon
Oh, la normal con su abrigo tan viejo
Y la luz en la cabeza
Tan grácil en su sufrimiento, tan grácil sufriendo
Pasea conmigo por Avalon
Y te voy a mostrar que no importa el porqué, porqué, porqué
No importa el porqué, porqué, porqué
No importa el porqué, porqué, porqué
Es así

¿Te vendrás a verme al campo?
¿Nos veremos en la hierba alta de la campiña estival?

Can you meet me in the long grass?
Wait a minute

With your red robe, with your red robe danglin'
All around your body
Yeats and Lady Gregory corresponded, corresponded
Corresponded, corresponded
And James Joyce wrote streams-of-consciousness books
Streams of
T. S. Eliot chose England, T. S. Eliot chose England
T. S. Eliot joined the ministry, joined the ministry, joined the ministry

Did you ever hear about, did you ever hear about
Wordsworth and Coleridge
Smokin' up in Kendal?
They were smokin' by the lakeside
Let your red robe go, let your red robe go
Let your red robe dangle in the countryside in England
We'll go ridin' down by Avalon in the country in the
    summertime in England
With you by my side
Let your red robe go, let your red robe go
You'll be happy dancin''
You'll be happy dancin''
You'll be happy dancin' in your red robe
Let it go, let it go, let it go, let your red robe go

Won't you meet me down by Avalon
In the summertime in England
In the church of St John
In the church of St John
In the church of St John
In the church of St John
In the church of St John?

Did you ever hear about Jesus walkin'
Jesus walkin' down by Avalon?
Can you feel the light in England?
Can you feel the light in England?
Can you feel the light in England?
Can you feel the light in England?

¿Nos veremos entre la alta hierba?
Un minuto, espera

Con tu vestido rojo, rojo y vaporoso
En torno al cuerpo
Yeats y Lady Gregory se escribían, se escribían
Se escribían, se escribían
Y James Joyce escribía libros en monólogo interior
Monólogos
T. S. Eliot eligió Inglaterra, T. S. Eliot eligió Inglaterra
T. S. Eliot entró en el clero, entró en el clero, entró en el clero

¿Oíste hablar alguna vez, oíste alguna vez hablar
De Wordsworth y Coleridge
Que fumaban allá en Kendal?
Fumaban junto al lago
Deja ondear tu vestido rojo, suéltalo
Deja que se meza en la campiña inglesa
Iremos en bici hasta Avalon por el campo
    estival de Inglaterra
Y tú junto a mí
Deja ondear tu vestido rojo, suéltalo
Bailando serás feliz
Bailando serás feliz
Bailando serás feliz en tu vestido rojo
Deja, deja, deja ondear tu vestido rojo

¿Te vendrás a verme en Avalon
Durante el verano inglés
En la iglesia de San Juan
En la iglesia de San Juan
En la iglesia de San Juan
En la iglesia de San Juan
En la iglesia de San Juan

¿Oíste alguna vez hablar de Jesús
Paseándose por Avalon?
¿Puedes sentir la luz de Inglaterra?
¿Puedes sentir la luz de Inglaterra?
¿Puedes sentir la luz de Inglaterra?
¿Puedes sentir la luz de Inglaterra?

Oh my common one with the light in the head
And the coat so old
And the sufferin' so fine
Take a walk with me
Oh my common one, oh my illuminated one
Down by Avalon, down by Avalon
Oh my common one, oh my illuminated one
Oh my story time one
Oh my treasury in the sunset
Take a walk with me and I will show you

It ain't why, why, why, why
Why, why, why, why, why
Why, why, why, why, why
Why, why, why, why, why, why
It ain't why
It just is

It ain't why, why, why, why
Why, why, why, why, why
Why, why, why, why
It ain't why, why, why
It just is

It ain't why, why, why, why
Why, why, why
It just is

Oh my common one with the light in the head
And the coat so old
Oh my high-in-the-art-of-sufferin' one
Oh my high, oh my high, oh my high-in-the-art-of-sufferin' one
Oh my high-in-the-art-of-sufferin' one

Oh, my common one
Take a walk with me down by Avalon
And I will show you it ain't
It ain't why, why, why
It ain't why, why, why, why
It ain't why, it ain't why
It just is

Oh, tú, la normal, con la cabeza en un halo de luz
Y el abrigo tan viejo
En tu sufrimiento tan grácil
Ven a pasearte conmigo
Oh, la normal, mía, luminosa
Oh mi historia favorita
Oh, la normal, mía, luminosa
Mi tesoro al ocaso
Ven a pasearte conmigo y te mostraré
Que no importa el porqué, porqué, porqué

No importa el porqué, porqué, porqué, porqué
Porqué, porqué, porqué, porqué, porqué
Porqué, porqué, porqué, porqué, porqué
Porqué, porqué, porqué, porqué, porqué, porqué
No importa el porqué
Es así

No importa el porqué, porqué, porqué, porqué
Porqué, porqué, porqué, porqué, porqué
Porqué, porqué, porqué, porqué
No importa el porqué, porqué, porqué
Es así

No importa el porqué, porqué, porqué, porqué
Porqué, porqué, porqué
Es así

Oh, la normal con la cabeza en un halo de luz
Y el abrigo tan viejo
Oh, la doliente más consumada
Oh, la doliente, doliente, la doliente más consumada
Oh, la doliente más consumada

Oh, la normal
Ven a pasear conmigo por Avalon
Y te mostraré que no importa
El porqué, porqué, porqué
El porqué, porqué
Porqué
Importa que sea

Oh my common one with the light in the head
And the coat so fine
And the sufferin' is so high
Alright now

Oh my common one
Oh my common one
Oh my common one
Oh my common one
With the sufferin' so fine

It ain't why, why
It ain't why, why, why
It ain't why, why
It ain't why
It just is, that's all
It just is, that's all

Oh, oh my common one
With the coat so old and the light in the head
And the sufferin' and the sufferin' so fine
And the sufferin' so high

It ain't why
It ain't why
It ain't why
No, it ain't why
It just is, that's all about it
It just is
It just is, that's all there is to it
It just is, that's all there is about it
It just is, that's all there is to it
It just is, it just is

It just is right now
I want to go to church right now and say it just is
It just is, it just is

Oh my common one, my lovely headed one
Oh my high, oh my high-in-the-art-of-sufferin' one
It ain't why, why

Oh, mi normal con la cabeza en un halo de luz
Y su abrigo tan guay
Y el sufrimiento tan duro
Ya está

Oh, mi normal
Oh, mi normal
Oh, mi normal
Oh, mi normal
De sufrimiento tan bueno

No importa el porqué, porqué
No importa el porqué, porqué, porqué
No importa el porqué, porqué
No importa el porqué
Es así, no más
Es así, no más

Oh, oh, mi normal
Con su abrigo tan viejo y la cabeza en un halo de luz
Y el sufrimiento tan guay y el sufrimiento tan guay
Y el sufrimiento qué duro

No importa el porqué
No importa el porqué
No importa el porqué
No, no importa el porqué
Es así y ya está
Es así
Es así, y no hay más
Es así, y no hay más
Es así, y no hay más
Es así, es así

Es así y es ahora
Quiero ir a la iglesia ya mismo y decirlo
Es así, es así

Oh, mi normal, mi adorada cabeza
Oh, mi doliente, mi doliente más consumada
No importa el porqué, porqué

It just is, that's all there is about it
Take a walk with me, talk with me
I will show you
It ain't why, it ain't why
It just is

Can you feel the light
Can you feel the light
Can you feel the light
Can you feel the light
Can you feel the light
Can you feel the light
Can you feel the light
Can you feel the light in your soul
In your soul, in your soul, in your soul, in your soul?
Ain't it high
Ain't it high
Ain't it high now

Oh my common one
Oh my story-time one
Oh my high-in-the-art-of-sufferin' one
Put your head on my shoulder
Put your head on my shoulder
And you listen, and you listen to the silence
Can you feel the silence?
Can you feel the silence?

Es así, y no hay más
Pasea conmigo, háblame
Te mostraré
Que no importa el porqué, no importa el porqué
Es así

¿Puedes sentir la luz
Puedes sentir la luz
Puedes sentir la luz
Puedes sentir la luz
Puedes sentir la luz
Puedes sentir la luz
Puedes sentir la luz
Puedes sentir la luz en tu alma
En tu alma, en tu alma, en tu alma?
¿No es tremendo
No es tremendo
Ahora mismo?

Oh, mi normal
Mi historia favorita
Oh, mi consumada doliente
Apoya la cabeza en mi hombro
Apoya la cabeza en mi hombro
Y escucha, escucha el silencio
¿Puedes sentir el silencio?
¿Puedes sentir el silencio?

CELTIC RAY

When Llewellyn comes around
And he goes through market town
You'll be on the Celtic Ray
Are you ready?

When McManus comes around
On his early-morning round
Crying, 'Herring olay'
You'll be on the Celtic Ray

Ireland, Scotland, Brittany and Wales
I can hear those mothers' voices calling
'Children, children, children'

When the coal-brick man comes round
On a cold November day
You'll be on the Celtic Ray
Are you ready, are you ready?

Ireland, Scotland, Brittany and Wales
I can hear those mothers' voices calling
'Children, children, children'

Listen, Jimmy, I wanna go home
Listen, Jimmy, I wanna go home
I've been away from the Ray too long
I've been away from the Ray too long

All over Ireland, Scotland, Brittany and Wales
I can hear the mothers' voices calling
'Children, children, come home, children
Children, come home on the Celtic Ray'

In the early morning we'll go walkin'
Where the light comes shining through
On the Celtic Ray
Come on, children, come on, the Celtic Ray

RAYO CELTA

Cuando Llewellyn se venga acá
Y se pase por el mercado viejo
El rayo celta te alumbrará
¿Ya estás listo?

Cuando McManus se venga acá
Para su ronda matinal
Voceando, «Arenques, sin par»
El rayo celta te alumbrará

Irlanda, Escocia, Bretaña y Gales
Ya oigo gritando a las madres
«Niños, niños, niños»

Cuando el carbonero se venga acá
En un día frío de noviembre
El rayo celta te alumbrará
¿Estás listo, estás listo ya?

Irlanda, Escocia, Bretaña y Gales
Ya oigo gritando a las madres
«Niños, niños, niños»

Oye, Jimmy, quiero irme a casa
Oye, Jimmy, quiero irme a casa
Me alejé del rayo demasiado tiempo
Me alejé del rayo demasiado tiempo

Por toda Irlanda, Escocia, Bretaña y Gales
Ya oigo gritando a las madres
«Niños, niños, a casa, niños
Niños, a casa con el rayo celta»

Al alba iremos caminando
Por donde la luz sale brillando
En el rayo celta
Vamos, niños, venga, el rayo celta

DWELLER ON THE THRESHOLD
(Van Morrison and Hugh Murphy)

I'm a dweller on the threshold
And I'm waiting at the door
And I'm standing in the darkness
I don't want to wait no more

I have seen without perceiving
I have been another man
Let me pierce the realm of glamour
So I know just what I am

I'm a dweller on the threshold
And I'm waiting at the door
And I'm standing in the darkness
I don't want to wait no more

Feel the angel of the present
In the mighty crystal fire
Lift me up, consume my darkness
Let me travel even higher

I'm a dweller on the threshold
As I cross the burning ground
Let me go down to the water
Watch the great illusion drown

I'm a dweller on the threshold
And I'm waiting at the door
And I'm standing in the darkness
I don't want to wait no more

I'm gonna turn and face the music
The music of the spheres
Lift me up, consume my darkness
When the midnight disappears

I will walk out of the darkness
And I'll walk into the light
And I'll sing the song of ages
And the dawn will end the night

ALOJADO EN EL UMBRAL
(Van Morrison y Hugh Murphy)

Estoy alojado en el umbral
Y espero en la puerta
Parado en la oscuridad
Ya no quiero esperar más

He visto sin percibir
He sido otro hombre
Déjame divisar el reino del oropel
Y sabré así quién soy

Estoy alojado en el umbral
Y espero en la puerta
Parado en la oscuridad
Ya no quiero esperar más

Siente el ángel del presente
En el fuego de cristal
Elévame, y agota mi oscuridad
Déjame viajar más allá

Estoy alojado en el umbral
Mientras cruzo el suelo en llamas
Déjame arrimarme al agua
Cómo se ahoga la ilusión

Estoy alojado en el umbral
Y espero en la puerta
Parado en la oscuridad
Ya no quiero esperar más

Me vuelvo a encarar la música
La música de las esferas
Agota mi oscuridad, elévame
Cuando se va la medianoche

Saldré de la oscuridad
Y me adentraré en la luz
Y entonaré la canción de las eras
La noche al alba se borrará

I'm a dweller on the threshold
And I'm waiting at the door
And I'm standing in the darkness
I don't want to wait no more

I'm a dweller on the threshold
And I cross the burning ground
And I'll go down to the water
Let the great illusion drown

I'm a dweller on the threshold
And I'm waiting at the door
And I'm standing in the darkness
I don't want to wait no more

I'm a dweller on the threshold
Dweller on the threshold
I'm a dweller on the threshold
I'm a dweller on the threshold

Estoy alojado en el umbral
Y espero en la puerta
Parado en la oscuridad
Ya no quiero esperar más

Estoy alojado en el umbral
Mientras cruzo el suelo en llamas
Déjame arrimarme al agua
Deja ahogarse la ilusión

Estoy alojado en el umbral
Y espero en la puerta
Parado en la oscuridad
Ya no quiero esperar más

Estoy alojado en el umbral
Alojado en el umbral
Estoy alojado en el umbral
Estoy alojado en el umbral

BEAUTIFUL VISION

Beautiful vision
Stay with me all of the time
Beautiful vision
Stay ever on my mind with your beautiful vision

Mystical rapture
I am in ecstasy
Beautiful vision
Don't ever separate me with your beautiful vision

In the darkest night
You are shining bright
You are my guiding light
You show me wrong from right

Beautiful vision
Stay ever on my mind
Beautiful vision
Stay with me all of the time with your beautiful vision

In the darkest night
You are shining bright
You are my guiding light
Show me wrong from right

Beautiful vision
Stay with me all of the time
Beautiful vision
Stay ever on my mind with your beautiful vision

I can make it
I can make it
With your beautiful vision

HERMOSA VISIÓN

Hermosa visión
Quédate siempre conmigo
Hermosa visión
Grábate en mi alma, visión hermosa

Arrebato místico
Estoy extático
Hermosa visión
No me separes nunca de tu visión hermosa

En la noche más oscura
Eres el lucero brillante
Eres mi faro
Que distingue el bien del mal

Hermosa visión
Grábate en mi vida
Hermosa visión
Quédate siempre conmigo, visión hermosa

En la noche más oscura
Eres el lucero brillante
Eres mi faro
Distingues el bien del mal

Hermosa visión
Quédate siempre conmigo
Hermosa visión
Grábate en mi alma, visión hermosa

Lo conseguiré
Lo conseguiré
Con tu hermosa visión

SHE GIVES ME RELIGION

Down the mystic avenue I walk again
Remembering the days gone by
And I'm knocking with my heart
And all the girls walk by
In all their summer fashion
And the church bells chime
On a summer Sunday afternoon

She gives me religion
She gives me religion

And the angel of imagination
Opened up my gate
She said, 'Come right in,
I saw you knocking with your heart'

And the angel of imagination
Said, 'Lift your fiery vision bright,
Let your flame burn into the night,
I saw you knocking with your heart'

She gives me religion
She gives me religion

And all the girls walk by
In all their summer fashion
And the church bells chime
On a summer Sunday afternoon

She gives me religion
I said she gives me religion
And I'm knocking
And I'm knocking with my heart
And I'm knocking
Knocking with my heart
And I'm knocking with my heart

ELLA ME DA RELIGIÓN

Por la mística avenida vuelvo a caminar
Recordando los días perdidos
Y el corazón empieza a llamar
Y todas las chicas circulan
Con modelitos de verano
Las campanas doblan
En una tarde dominguera, estival

Ella me da religión
Ella me da religión

Y el ángel de la imaginación
Abrió mis puertas
Dijo: «Pasa dentro
Te vi llamando con el corazón»

Y el ángel de la imaginación
Dijo: «Eleva tu visión viva y fiera
Que tu llama arda en la noche
Te vi llamando con el corazón»

Ella me da religión
Ella me da religión

Y todas las chicas circulan
Con modelitos de verano
Y las campanas doblan
En una tarde dominguera, estival

Me da religión
Lo dije, me da religión
Y estoy llamando
Estoy llamando con el corazón
Estoy llamando
Llamando con el corazón
Y estoy llamando con el corazón

CLEANING WINDOWS

Oh the smell of the bakery from across the street
Got in my nose
As we carried our ladders down the street
With the wrought-iron gate rows
I went home and listened to Jimmie Rodgers in my lunch break
Bought five Woodbine at the shop on the corner
And went straight back to work

Oh Sam was up on top
And I was on the bottom with the V
We went for lemonade and Paris buns
At the shop and broke for tea
I collected from the lady
And I cleaned the fanlight inside out
I was blowing saxophone on the weekend
In a Down joint

What's my line?
I'm happy cleaning windows
Take my time, I'll see you when my love grows
Baby, don't let it slide, I'm a working man in my prime
Cleaning windows
Number 36!

I heard Leadbelly and Blind Lemon
On the street where I was born
Sonny Terry, Brownie McGhee and
Muddy Waters singin' 'I'm a Rollin' Stone'
I went home and read my Christmas Humphreys book on Zen
Curiosity Killed the Cat
Kerouac's Dharma Bums and On the Road

What's my line?
I'm happy cleaning windows
Take my time, I'll see you when my love grows
Baby, don't let it slide, I'm a working man in my prime
Cleaning windows

LIMPIACRISTALES

Ah, del otro cabo de la calle
Sentí el aroma de la panadería
Mientras cargábamos escaleras por la calle
Con sus verjas de hierro forjado
Me fui a casa y escuché a Jimmie Rodgers a la hora de comer
Compré unos cigarrillos en el estanco
Y volví directo al trabajo

Sam estaba en lo alto
Y con la espátula yo abajo
Fuimos a por limonada y bollos
Pedimos cambio para el té
La casera me pagó
Y pulí el cristal de abanico
Tocaba el saxo en días festivos
En el centro en un garito

¿A qué me dedico?
Soy un limpiacristales dichoso
Serio, te veré cuando prospere el amor
Nena, no lo dejes escapar, soy un currante en la flor
Que limpia cristales
¡Soy el n.º 36!

Escuché a Leadbelly y Blind Lemon
En la calle donde nací
A Sonny Terry, Brownie McGhee
Y «I'm a Rolling Stone» de Muddy Waters
Ya en casa me leí el libro de Humphreys sobre zen
La curiosidad mató al gato
Y de Kerouac, *En el camino* y *Los vagabundos del dharma*

¿A qué me dedico?
Soy un limpiacristales dichoso
Serio, te veré cuando prospere el amor
Nena, no lo dejes escapar, soy un currante en la flor
Que limpia cristales

What's my line?
I'm happy cleaning windows
Well, I take my time, I'll see you when my love grows
Don't let it slide, I'm a working man in my prime
Cleaning windows

Cleaning, what you sayin', number, number 126
Aye, we'll be round tomorrow
I just found a tanner and a 3d bit on the windowsill here
C'mon, Sammy, hurry up
If we don't get finished we'll have to go down to the dole
Cleaning windows

¿A qué me dedico?
Soy un limpiacristales dichoso
Serio, y te veré cuando prospere el amor
No lo dejes escapar, soy un currante en la flor
Que limpia cristales

Limpiar, qué dices, el número es 126
Ay, mañana por aquí me veréis
Recién encontré unos peniques en el alféizar
Venga, Sammy, date gas
A limpiar cristales ya
O habrá que apuntarse al paro sin más

HIGHER THAN THE WORLD

Well, I'm higher
Than the world
And I'm livin'
In my dreams
I'll make it better than it seems today

And I'm higher
Than a cloud
And I'm livin'
In a sound
I'll make it better than it seems today

Higher than the world
But my head is in a swirl
I got to give life a whirl today

Higher than the clouds
Wrapped up in a sound
I make it better all around today

Higher than the world
And my head is in a swirl
I got to give life a whirl today

Higher in my mind
I'm gonna leave these blues behind
And I'll find what I'll find today

'Cause I'm higher than the world
And I'm wrapped up in my dreams
I'll make it better than it seems today

Yes, I'm higher than the world
And I'm livin' in my mind
I got to hold on to what I find today
Just a little bit higher

EN LA CIMA DEL MUNDO

Sí, estoy en la cima
Del mundo
Y estoy viviendo
Mis sueños
Será mejor de lo que parece hoy

Y estoy más allá
De las nubes
Y estoy viviendo
Un sonido
Será mejor de lo que parece hoy

En la cima del mundo
Pero mi cabeza es un lío
Mi vida necesita un meneo

Más allá de las nubes
Arropado en sonidos
Hoy haré que todo sea mejor

En la cima del mundo
Y mi cabeza es un lío
Mi vida necesita un meneo

Más alto en mi mente
Olvidaré mis pesares
Y hoy tendré lo que encuentre

Porque estoy en la cima del mundo
Bien envuelto en mis sueños
Y será mejor de lo que parece hoy

Sí, estoy en la cima
Y vivo en mi mente
Me agarraré a lo que encuentre
Aunque algo por encima

RIVER OF TIME

Heart and soul
Body and mind
Heart and soul
Body and mind
Heart and soul
Body and mind
Meet me on the river of time
Meet me on the river of time

Brother of mine
Sister of mine
Brother of mine
Sister of mine
Heart and soul
Body and mind
Meet me on the river of time
Meet me on the river of time

Lover of soul
Lover of mine
Lover of soul
Lover of mine
Heart and soul
Body and mind
Meet me on the river of time
Meet me on the river of time
Meet me on the river of time
On the river
River of time
On the river of time
On the river of time

EL RÍO DEL TIEMPO

Corazón y alma
Cuerpo y mente
Corazón y alma
Cuerpo y mente
Corazón y alma
Cuerpo y mente
Veámonos en el río del tiempo
Veámonos en el río del tiempo

Hermano mío
Hermana mía
Hermano mío
Hermana mía
Corazón y alma
Cuerpo y mente
Veámonos en el río del tiempo
Veámonos en el río del tiempo

Amor del alma
Amor mío
Amor del alma
Amor mío
Corazón y alma
Cuerpo y mente
Veámonos en el río del tiempo
Veámonos en el río del tiempo
Veámonos en el río del tiempo
En el río
Del tiempo
En el río del tiempo
En el río del tiempo

CRY FOR HOME

I'll be waiting
I'll be waiting on that shore
To hear the cry for home
You won't have to worry any more
When you hear the cry for home

When you hear, hear the call
You won't have to think at all
Hear the cry for home

I'll be standing
I'll be standing within reach
When you hear, hear the call
I'll be waiting
I'll be waiting in the breach
For you, when you hear

When you hear, hear the call
You won't have to think at all
Hear the cry for home

When I listen
When I listen to the song
Well, it feels, feels so free
And you tell me
You will come and go with me
When you hear the cry for home

When you hear, hear the call
You won't have to think at all
Hear the cry for home

When you hear, hear the call
You won't have to think at all
Hear the cry for home

When you hear, hear the call
You won't have to think at all
Hear the cry for home

LLAMADA AL HOGAR

Estaré esperando
Esperando en la orilla
A escuchar la llamada al hogar
Ya no tendrás que sufrir más
Cuando oigas la llamada al hogar

Cuando oigas la llamada
No tendrás que pensar más
Al oír la llamada al hogar

Estaré listo
Y dispuesto
Cuando oigas la llamada
Estaré esperando
Esperando en la brecha
Esperándote cuando oigas

Cuando oigas la llamada
No tendrás que pensar más
Al oír la llamada al hogar

Cuando escucho
Cuando escucho la canción
Ah, qué bien sienta la libertad
Y dime
Me acompañarás
Cuando oigas la llamada al hogar

Cuando oigas la llamada
No tendrás que pensar más
Al oír la llamada al hogar

Cuando oigas la llamada
No tendrás que pensar más
Al oír la llamada al hogar

Cuando oigas la llamada
No tendrás que pensar más
Al oír la llamada al hogar

RAVE ON, JOHN DONNE/RAVE ON, PART TWO

Rave on, John Donne, rave on, thy holy fool
Down through the weeks of ages
In the moss-borne dark dank pools

Rave on down through the Industrial Revolution
Empiricism, the atomic and nuclear age
Rave on down through the corridors
Rave on words on printed page

Rave on, Walt Whitman, nose down in wet grass
Rave on, fill the senses
On nature's bright-green shady path

Rave on, Omar Khayyam, rave on, Khalil Gibran
Oh what sweet wine we drinketh
The celebration will be held
We will drink the wine and break the holy bread

Rave on, let a man come out of Ireland
Rave on, Mr Yeats, rave on down through thy holy Rosy Cross
Rave on down through Theosophy and the Golden Dawn
Rave on through the writing of A Vision
Rave on, rave on, rave on, rave on, rave on, rave on, rave on

Rave on, John Donne, rave on, thy holy fool
Down through the weeks of ages
In the moss-borne dark dank pools

Rave on down through the Industrial Revolution
Empiricism, and the atomic and nuclear age
Rave on words on printed page

Tonight 'neath the silvery moon, tonight
Tonight 'neath the silvery moon, tonight
And the leaves shake out of the trees
And the cool summer breeze
And the people passing in the street
And everybody that you meet

DALE, JOHN DONNE/DALE, SEGUNDA PARTE

Dale, John Donne, dale, bendito orate
A través de los días, las eras
En las pozas de musgo, oscuras y frías

Dale y sigue con la Revolución Industrial
El empirismo, la era atómica y nuclear
Y dale por los pasillos
Y sigue con las palabras impresas

Dale, Walt Whitman, olfatea el pasto mojado
Dale, empápate los sentidos
De naturaleza, en su senda verde y umbría

Dale, Omar Jayam, dale, Khalil Gibran
Ah, qué dulce vino bebimos
El rito va a celebrarse
Repartiremos el pan, beberemos el vino

Dale, deja que un hombre salga de Irlanda
Dale, señor Yates, sigue hasta la santa rosacruz
Dale por la aurora dorada y la teosofía
Dale y escribe *Una visión*
Dale, dale, dale, dale, dale, dale, dale

Dale, John Donne, dale, bendito orate
A través de los días, las eras
En las pozas de musgo, oscuras y frías

Dale y sigue con la Revolución Industrial
El empirismo, la era atómica y nuclear
Y sigue con las palabras impresas

Esta noche bajo la luna plateada, esta noche
Esta noche bajo la luna plateada, esta noche
Con las hojas que se sueltan del árbol
Y la fresca brisa estival
Y la gente que va por las calles
Y las personas a quien saludar

Tonight you will understand the oneness
Tonight you will understand the one
Tonight 'neath the silvery moon, tonight
Tonight, let it all begin, tonight
You will understand the oneness
The oneness, the oneness, the oneness, the oneness
The oneness, the oneness, the oneness

You made it real, what you sang about in your song
You made it real, what you sang about in your song
I said, 'Come back, baby, can we talk it over
One more time, tonight?'

Tonight you will understand the one, the oneness
Tonight 'neath the silvery moon, tonight
Tonight, let it all begin, tonight
You will understand the oneness
The oneness, the oneness, the oneness

And the truth what you sang about in your song
Oh baby, baby
And the truth what you sang about in your song
I said, 'No, no, no, no, no, no, no, no, no
No, no, no, no, no, no, no, no, no
No, no, no, no, no, no, no, no, no'

Tonight you will understand the one
Oh tonight you will under, understand the oneness
And the leaves shakin' on the trees
In the cool evening breeze
And the people passing in the street
And everybody that you meet
Tonight, tonight
When your lover's gone
Tonight, tonight

*

Tonight 'neath the silvery moon, tonight
Tonight 'neath the silvery moon, tonight
And the leaves shake out of the trees

Esta noche entenderás la unicidad
Esta noche entenderás el uno
Esta noche bajo la luna plateada, esta noche
Esta noche, que todo comience, esta noche
Entenderás la unicidad
La unicidad, unicidad, unicidad
La unicidad, unicidad, unicidad

El tema de tu canción lo hiciste realidad
El tema de tu canción lo hiciste realidad
Dije: «Vuelve, nena, ¿no lo podemos hablar
Esta noche una vez más?»

Esta noche entenderás el uno, la unicidad
Esta noche bajo la luna plateada, esta noche
Esta noche, que todo comience, esta noche
Entenderás la unicidad
La unicidad, unicidad, unicidad

Y la verdad que cantaste en tu canción,
Ay nena, nena
La verdad que cantaste en tu canción
Dije: «No, no, no, no, no, no, no, no, no
No, no, no, no, no, no, no, no, no, no
No, no, no, no, no, no, no, no, no, no»

Esta noche entenderás el uno
Ah, esta noche enten... entenderás la unicidad
Y las hojas meciéndose en las ramas
En la fresca brisa estival
Y la gente que va por la calle
Y las personas a quien saludar
Esta noche, esta noche
Cuando tu amante no esté
Esta noche, esta noche

*

Esta noche bajo la luna plateada, esta noche
Esta noche bajo la luna plateada, esta noche
Con las hojas que se sueltan del árbol

And the cool summer breeze
And the people passing in the street
And everybody that you meet

Tonight you will understand the oneness
Tonight you will understand the one
Tonight 'neath the silvery moon, tonight
Tonight, let it all begin, tonight
You will understand the oneness
The oneness, the oneness, the oneness, the oneness
The oneness, the oneness, the oneness

You made it real, what you sang about in your song
You made it real, what you sang about in your song
I said, 'Come back, baby, can we talk it over
One more time, tonight?'

Tonight you will understand the one, the oneness
Tonight 'neath the silvery moon, tonight
Tonight, let it all begin, tonight
You will understand the oneness
The oneness, the oneness, the oneness

And the truth what you sang about in your song
Oh baby, baby
And the truth what you sang about in your song
I said, 'No, no, no, no, no, no, no, no, no
No, no, no, no, no, no, no, no, no, no
No, no, no, no, no, no, no, no, no, no'

Tonight you will understand the one
Oh tonight you will under, understand the oneness
And the leaves shakin' on the trees
In the cool evening breeze
And the people passing in the street
And everybody that you meet
Tonight, tonight
When your lover's gone
Tonight, tonight

Y la fresca brisa estival
Y la gente que va por las calles
Y las personas a quien saludar

Esta noche entenderás la unicidad
Esta noche entenderás el uno
Esta noche bajo la luna plateada, esta noche
Esta noche, que todo comience, esta noche
Entenderás la unicidad
La unicidad, unicidad, unicidad
La unicidad, unicidad, unicidad

El tema de tu canción lo hiciste realidad
El tema de tu canción lo hiciste realidad
Dije: «Vuelve, nena, ¿no lo podemos hablar
Esta noche una vez más?»

Esta noche entenderás el uno, la unicidad
Esta noche bajo la luna plateada, esta noche
Esta noche, que todo comience, esta noche
Entenderás la unicidad
La unicidad, unicidad, unicidad

Y la verdad que cantaste en tu canción,
Ay nena, nena
La verdad que cantaste en tu canción
Dije: «No, no, no, no, no, no, no, no, no
No, no, no, no, no, no, no, no, no, no
No, no, no, no, no, no, no, no, no, no»

Esta noche entenderás el uno
Ah, esta noche enten... entenderás la unicidad
Y las hojas meciéndose en las ramas
En la fresca brisa estival
Y la gente que va por la calle
Y las personas a quien saludar
Esta noche, esta noche
Cuando tu amante no esté
Esta noche, esta noche

TORE DOWN À LA RIMBAUD

Showed me pictures in the gallery
Showed me novels on the shelf
Put my hands across the table
Gave me knowledge of myself

Showed me visions, showed me nightmares
Gave me dreams that never end
Showed me light out of the tunnel
When there was darkness all around instead

I was just tore down à la Rimbaud
And I wish my message would come
Tore down à la Rimbaud
You know it's hard sometime
You know it's hard sometime

Showed me ways and means and motions
Showed me what it's like to be
Gave me days of deep devotion
Showed me things that I cannot see

Well, I was tore down à la Rimbaud
And I wish my purpose would come
Tore down à la Rimbaud
You know it's hard sometime
You know it's hard sometime

Showed me different shapes and colours
Showed me many different roads
Gave me very clear instructions
When I was in the dark night of the soul

When I was tore down à la Rimbaud
And I wish my writing would come
Tore down à la Rimbaud
You know it's hard sometime
You know it's hard sometime

DERROTA A LA RIMBAUD

Me mostró cuadros en el museo
Y novelas sobre el estante
Extendió mis manos sobre la mesa
Me dio a conocer a mí mismo

Me mostró visiones, pesadillas
Me concedió sueños infinitos
La luz al final del túnel
Cuando era oscuro en derredor

Me vi derrotado a la Rimbaud
Y ojalá que mi mensaje llegara
Derrotado a la Rimbaud
A veces, ya sabes, es duro
A veces, ya sabes, es duro

Me mostró medios, modos, gestos
Me mostró qué tal es ser
Me regaló días de honda fe
Me mostró lo que no puedo ver

Sí, me vi derrotado a la Rimbaud
Que mi meta se cumpla, ojalá
Derrotado a la Rimbaud
A veces, lo sabes, es duro
A veces, lo sabes, es duro

Me mostró formas y colores varios
Me mostró tantos caminos diversos
Me dio instrucciones bien claras
Sumido en la negra noche del alma

Cuando me vi derrotado a la Rimbaud
Deseando inspirar mi escritura
Derrotado a la Rimbaud
A veces, lo sabes, es duro
A veces, lo sabes, es duro

Tore down à la Rimbaud
And I wish my writing would come
Tore down à la Rimbaud
You know it's hard sometime
You know it's hard sometime

Hard sometime
Tore down à la Rimbaud, à la Rimbaud
I was tore down à la Rimbaud, à la Rimbaud

Derrotado a la Rimbaud
Deseando inspirar mi escritura
Derrotado a la Rimbaud
A veces, lo sabes, es duro
A veces, lo sabes, es duro

A veces es duro
Derrotado a la Rimbaud, a la Rimbaud
Derrotado a la Rimbaud, a la Rimbaud, a la Rimbaud

GOT TO GO BACK

When I was a young boy back in Orangefield
I used to look out my classroom window and dream
And then go home and listen to Ray sing
'I Believe to My Soul' after school
Ah that love that was within me
You know it carried me through
And it lifted me up and it filled me
Meditation, contemplation too

Got to go back
We've got to go back
Got to go back
Got to go back
For the healing
Go on with the dreaming

Ah there's people in the street
And the summer's almost here
Got to go outside in the fresh air
And walk while it's still clear
Breathe it in all the way down
To your stomach too
Breathe it out with a radiance
Into the night-time air

Got to go back
We've got to go back
Got to go back
Got to go back
For the healing
Go on with the dreaming

Got my ticket at the airport
Well, guess I've been marking time
I've been living in another country
That operates along entirely different lines
Keep me away from port or whiskey
Don't play anything sentimental it'll make me cry
Got to go now, my friend
Is there really any need to ask why?

TENGO QUE VOLVER

En Orangefield cuando era un chaval
Solía mirar por la ventana de clase, y soñar
Y luego me iba a casa y escuchaba cantar
A Ray: «I Believe to My Soul»
Ay, aquel amor que había dentro de mí
Me soportaba y tiraba de mí
Me elevaba y colmaba
Con meditación y contemplación

Tengo que volver
Tenemos que volver
Tengo que volver
Tengo que volver
Para la sanación
Sigamos con la ensoñación

Ah, gente que anda por ahí
Y el verano ya está aquí
Hay que salir al fresco
Y pasear al sol
Inspira bien hondo
Hasta el estómago
Expira bien claro
El aire de la noche

Tengo que volver
Tenemos que volver
Tengo que volver
Tengo que volver
Para la sanación
Sigamos con la ensoñación

Pillé el billete en el aeropuerto
Nada, estuve penduleando
Viviendo en otro país
Y la cosa no va como aquí
Aléjame del oporto o el whisky
Si tocas algo sentimental lloraré
Tengo que irme ya, amigo mío
¿Hace falta preguntar por qué?

Got to go back
Got to go back
Got to go back
We've got to go back
For the healing
Go on with the dreaming

We've got to go back
Baby, we've got to go back
Got to go back
Got to go back
For the healing
Go on with the dreaming

With the dreaming
With the dreaming
With the dreaming

Tengo que volver
Tengo que volver
Tengo que volver
Tenemos que volver
Para la sanación
Sigamos con la ensoñación

Hay que volver, nena
Tenemos que volver
Tengo que volver
Tengo que volver
Para la sanación
Sigamos con la ensoñación

Con la ensoñación
Con la ensoñación
Con la ensoñación

IN THE GARDEN

The fields are always wet with rain
After a summer shower
When I saw you standing, standing in the garden
In the garden wet with rain

You wiped the teardrops from your eye in sorrow
As we watched the petals fall down to the ground
And as I sat beside you
I felt the great sadness that day
In the garden

And then one day you came back home
You were a creature all in rapture
You had the key to your soul and you did open
That day you came back
To the garden

The olden summer breeze was blowin' against your face
The light of God was shinin' on your countenance divine
And you were a violet colour
As you sat beside your father and your mother
In the garden

The summer breeze was blowin' on your face
Within your violet you treasure your summery words
And as the shiver from my neck down to my spine
Ignited me in daylight and nature
In the garden

And you went into a trance
Your childlike vision became so fine
And we heard the bells within the church we loved so much
And felt the presence of the youth of eternal summers
In the garden

And as it touched your cheeks so lightly
Born again you were and blushed
And we touched each other lightly
And we felt the presence of the Christ within our hearts
In the garden

EN EL JARDÍN

Los campos se ven mojados de lluvia
Tras un chaparrón de verano
Cuando te vi en el jardín, de pie en el jardín
En el jardín empapado

Apenada, te enjugaste las lágrimas
Mientras mirábamos como caían los pétalos
Y me senté junto a ti
Sentí una gran tristeza aquel día
En el jardín

Y luego un día volviste a casa
Como una criatura arrebatada
Tenías la llave de tu alma y la abriste
Aquel día en que volviste
Al jardín

La brisa estival te soplaba en la cara
La luz de Dios brillaba en tu divino semblante
Y eras de color violeta
Junto a tu padre y tu madre sentada
En el jardín

La brisa estival te soplaba en la cara
En tu color violáceo guardas el verano en palabras
Y un escalofrío del espinazo a la nuca
Prendió en mí entre luz y verdura
En el jardín

Y tuviste un trance
Era diáfana tu visión infantil
Oímos las campanas de la iglesia tan amada
Y sentimos la juventud de los eternos veranos
En el jardín

Y al acariciar tus carrillos un poco
Renaciste con un rubor
Nos palpamos el uno al otro
Y sentimos a Cristo en el corazón
En el jardín

And I turned to you and I said
'No guru, no method, no teacher,
Just you and I and nature and the Father
In the garden

'No guru, no method, no teacher,
Just you and I and nature
And the Father and the Son and the Holy Ghost
In the garden wet with rain

'No guru, no method, no teacher,
Just you and I and nature
And the Father and the Son and the Holy Ghost
In the garden,
In the garden wet with rain

'No guru, no method, no teacher,
Just you and I and nature and the Father
In the garden'

Me volví a ti y dije:
«Ni gurú, ni sistema, ni maestro
Sólo tú y yo, la naturaleza y el Padre
En el jardín

»Ni gurú, ni sistema, ni maestro
Sólo tú y yo y la naturaleza
El Padre y el Hijo y el Espíritu Santo
En el jardín empapado

»Ni gurú, ni sistema, ni maestro
Sólo tú y yo y la naturaleza
El Padre y el Hijo y el Espíritu Santo
En el jardín
En el jardín empapado

»Ni gurú, ni sistema, ni maestro
Sólo tú y yo, la naturaleza y el Padre
En el jardín»

ONE IRISH ROVER

Tell me the story now
Now that it's over
Wrap it in glory
For one Irish Rover

Tell me you're wiser now
Tell me you're older
Wrap it in glory
For one Irish Rover

I can tell by the light in your eye
That you're so far away
Like a ship out on the sea without a sail
You've gone astray

Tell me the facts real straight
Don't make me over
Wrap it in glory
For one Irish Rover

Tell me you've seen the light
Tell me you know me
Make it come out alright
And wrap it in glory

For one Irish Rover
For one Irish Rover
For one Irish Rover
For one Irish Rover

UN VAGABUNDO IRLANDÉS

Puesto que ya terminó
Cuéntame lo que pasó
Y sácale brillo
Para un vagabundo irlandés

Dime que eres más sabio
Y que eres más viejo
Sácale brillo
Para un vagabundo irlandés

Por la luz en tus ojos
Se te ve tan distante
Como un barco a la deriva
Te extraviaste

Cuéntame tal como fue
No me confundas
Sácale brillo
Para un vagabundo irlandés

Dime que viste la luz
Que ya me conoces
Cuenta con tino
Y sácale brillo

Para un vagabundo irlandés
Para un vagabundo irlandés
Para un vagabundo irlandés
Para un vagabundo irlandés

FOREIGN WINDOW

I saw you from a foreign window
Bearing down the suffering road
You were carrying your burden
To the palace of the Lord
To the palace of the Lord

I spied you from a foreign window
When the lilacs were in bloom
And the sun shone through your windowpane
To the place you kept your books
You were reading on your sofa
You were singing every prayer
That the masters had instilled in you
Since Lord Byron loved despair
In the palace of the Lord

And if you don't get it right this time
You don't have to come back again
And if you get it right this time
There's no need to explain

I saw you from a foreign window
Bearing down the suffering road
You were carrying your burden
You were singing about Rimbaud
I was going down to Geneva
When the kingdom had been found
I was giving you protection
From the loneliness of the crowd
In the palace of the Lord

They were giving you religion
Breaking bread and drinking wine
And you laid out on the green hills
Just like when you were a child
I saw you from a foreign window
You were trying to find your way back home
You were carrying your defects
Sleeping on a pallet on the floor

VENTANA AJENA

Te vi desde ventana ajena
Esforzándote por dura senda
Cargabas con tu peso
Al palacio del Señor
Al palacio del Señor

Te espié desde ventana ajena
Cuando florecían las lilas
Y el sol brillaba en tu ventana
Hasta el rincón de los libros
En el sofá leías
Canturreando cada plegaria
Que los maestros te inculcaron
Desde que Byron abrazó el desespero
En el palacio del Señor

Y si no lo pillas esta vez
Ya no hace falta que vuelvas
Y si lo entiendes bien
No hay más que explicar

Te vi desde ventana ajena
Esforzándote por la dura senda
Cargabas con tu peso
Cantabas sobre Rimbaud
Yo me dirigía a Ginebra
Cuando el reino se descubrió
Te ofrecía protección
Del gentío y su desolación
En el palacio del Señor

Te regalaban religión
Se compartía pan y vino
Tumbado en las verdes colinas
Como cuando eras niño
Te vi desde ventana ajena
Buscando el camino de vuelta
Cargabas con tus defectos
Durmiendo en un jergón en el suelo

In the palace of the Lord
In the palace of the Lord
In the palace of the Lord

En el palacio del Señor
En el palacio del Señor
En el palacio del Señor

TIR NA NOG

We were standing in the kingdom
And by the mansion gate
We stood enraptured by the silence
As the birds sang their heavenly song
In Tir Na Nog

We stopped in the Church of Ireland
And prayed to Our Father
And climbed up the mountainside
With fire in our hearts
And we walked all the
Way to Tir Na Nog

I said with my eyes that
I recognised your chin
It was my long-lost friend
To help me from another lifetime
We took each other's hand and cried
Like a river when we said hello
And we walked all the way to Tir Na Nog

We made a big connection
On a golden autumn day
We were standing in the
Garden wet with rain
And our souls were young again
In Tir Na Nog

And outside the storm was raging
Outside Jerusalem
We drove in our chariots of fire
Following the sun in the west
Going up, going up to
Tir Na Nog

You came into my life
And you filled me and you filled me
Oh so joyous by the clear cool crystal streams
Where the roads were quiet and still

TIR NA NOG

Estábamos en el reino
Junto a la verja de la mansión
Extasiados por el silencio
Los pájaros y su celestial canción
En Tir Na Nog

Nos detuvimos en la Iglesia de Irlanda
Y oramos a Nuestro Padre
Ascendimos la ladera
Con los corazones ardiendo
Y recorrimos el camino entero
Hasta Tir Na Nog

Dije con la mirada
Que reconocía tu barbilla
El amigo tanto tiempo perdido
Que me ayudaría desde otra vida
Nos tomamos de la mano y lloramos
Como un río cuando nos saludamos
E hicimos todo el camino hasta Tir Na Nog

Fue una conexión colosal
En un día dorado, otoñal
Estábamos en el jardín
Mojado por la lluvia
Y nuestras almas rejuvenecieron de nuevo
En Tir Na Nog

Afuera arreciaba la tormenta
Fuera de Jerusalén
Pilotamos los carros de fuego
Siguiendo la puesta del sol
Para allá, bien arriba
Hacia Tir Na Nog

Apareciste en mi vida
Y la colmaste de sabia
Ah, tan jubilosos junto a cristalinos arroyos
Donde eran calmos y quedos los caminos

And we walked all the way
To Tir Na Nog

How can we not be attached?
After all we're only human
The only way then is to never come back
Except I wouldn't want that, would you
If we weren't together again
In Tir Na Nog

We've been together before
In a different incarnation
And we loved each other
Then as well
And we sat down in contemplation
Many, many, many times
You kissed mine eyes
In Tir Na Nog

Y recorrimos todo el camino
Hasta Tir Na Nog

¿Cómo no sentir apego?
Somos humanos, al cabo
No volver jamás sería el único modo
Pero yo no quiero eso, ¿y tú?
Que no nos juntáramos más
En Tir Na Nog

Antes, estuvimos ya juntos
En otra encarnación
Y también nos amamos
Entonces
Y en contemplación nos sentamos
Muchas, tantas veces
Y me besaste los ojos
En Tir Na Nog

I FORGOT THAT LOVE EXISTED

I forgot that love existed, trouble in my mind
Heartache after heartache, worried all the time
I forgot that love existed
Then I saw the light
Everyone around me made everything alright

Oh Socrates and Plato
They praised it to the skies
Everyone who's ever loved
Everyone who's ever tried

If my heart could do the thinkin'
And my head begin to feel
Well, I'll look upon the world anew
And know what's truly real

Well, I forgot that love existed
And it strangled up my heart
Then I turned a brand-new leaf
And made a brand-new start

If my heart could do my thinkin'
And my head begin to feel
Well, I'd look upon the world anew
And know what's truly real

What's truly real
I forgot that love existed
And now it's alright
I forgot that love existed
And now it's alright

OLVIDÉ QUE EXISTÍA EL AMOR

Apesadumbrado, olvidé que existía el amor
Siempre angustiado por penas infinitas
Olvidé que existía el amor
Y entonces vi la luz
Mi gente arregló las cosas

Lo elevaron a los cielos
Ah, Sócrates y Platón
Quienquiera que alguna vez amara
Quienquiera que acaso lo intentara

Si mi corazón pudiera pensar
Y la cabeza se pusiera a sentir
Ahí podría mirar al mundo de nuevo
Y saber lo que es verdadero

Sí, olvidé que existía el amor
Y eso me resecó el corazón
Hice borrón y cuenta nueva
Y empecé una vida nueva

Si mi corazón pudiera pensar
Y la cabeza se pusiera a sentir
Ahí podría mirar al mundo de nuevo
Y saber lo que es verdadero

Lo que es de verdad verdadero
Olvidé que existía el amor
Pero ya se pasó
Olvidé que existía el amor
Pero ya está todo bien

SOMEONE LIKE YOU

I've been searching a long time
For someone exactly like you
I've been travelling all around the world
Waiting for you to come through
Someone like you; make it all worthwhile
Someone like you; keep me satisfied
Someone exactly like you

I've been travelling a hard road
Looking for someone exactly like you
I've been carrying my heavy load
Waiting for the light to come shining through
Someone like you; make it all worthwhile
Someone like you; make me satisfied
Someone exactly like you

I've been doing some soul-searching
To find out where you're at
I've been up and down the highway
In all kinds of foreign lands
Someone like you; make it all worthwhile
Someone like you; keep me satisfied
Someone exactly like you

I've been all around the world
Marching to the beat of a different drum
But just lately I have realised
The best is yet to come
Someone like you; make it all worthwhile
Someone like you; keep me satisfied
Someone exactly like you

Someone exactly like you
Someone exactly like you
The best is yet to come
The best is yet to come
Someone exactly like you

ALGUIEN COMO TÚ

Largo tiempo estuve buscando
A alguien clavado a ti
Por todo el mundo anduve viajando
Esperando verte aparecer
Alguien como tú, que dé sentido a las cosas
Alguien como tú, que me haga feliz
Alguien clavado a ti

Viajé por la senda más dura
En busca de alguien como tú
Acarreando mi pesada carga
En pos de una luz que brillara
Alguien como tú, que dé sentido a las cosas
Alguien como tú, que me haga feliz
Alguien clavado a ti

He estado rastreando mi alma
Para adivinar dónde andas
Por la carretera una vez y otra
En toda suerte de tierras extrañas
Alguien como tú, que dé sentido a las cosas
Alguien como tú, que me haga feliz
Alguien clavado a ti

He recorrido el ancho mundo
Al paso de un compás variado
Sólo ahora me di cuenta
Que lo mejor está por venir
Alguien como tú, que dé sentido a las cosas
Alguien como tú, que me haga feliz
Alguien clavado a ti

Alguien clavado a ti
Alguien clavado a ti
Lo mejor está por venir
Lo mejor está por venir
Alguien clavado a ti

ALAN WATTS BLUES

Well, I'm taking some time with my quiet friend
Well, I'm taking some time on my own
Well, I'm making some plans for my getaway
There'll be blue skies shining way up above

When I'm cloud-hidden
When I'm cloud-hidden
When I'm cloud-hidden
Whereabouts unknown

Well, I have to get out of the rat race now
Well, I'm tired of the ways of mice and men
And the empires are all turning into rust again
Out of everything nothing remains the same

That's why I'm cloud-hidden
Why I'm cloud-hidden
That's why I'm cloud-hidden
Whereabouts unknown

Sitting up on the mountain top
In my solitude
Where the fog comes rolling in
Just might do me some good

Well, I'm waiting in the clearing, with my motor on
Well, it's time to get back to the town again
Where the air is sweet and fresh in the countryside
Well, it won't be long before, be back here again

When I'm cloud-hidden
I'm cloud-hidden
When I'm cloud-hidden
Whereabouts unknown

I'm cloud-hidden
I'm cloud-hidden
When I'm cloud-hidden
Whereabouts unknown
Whereabouts unknown

BLUES DE ALAN WATTS

Sí, me tomo algún tiempo con mi amigo tranquilo
Discreto, a solas, un tiempo conmigo
Y me dedico a hacer planes para la huida
Azules los cielos lucirán bien arriba

Cuando me escondo en las nubes
Cuando me escondo en las nubes
Cuando me escondo en las nubes
En paradero desconocido

Sí, hay que salir de este nido de víboras
Comparsas y hombres me tienen bien harto
Todos los imperios se van oxidando
De todas las cosas ya nada es lo mismo

Por eso me escondo en las nubes
Así, escondido en las nubes
Por eso me escondo en las nubes
En paradero desconocido

Quizá me aproveche
Sentarme en la cima
De mi soledad
Donde la niebla se asoma

Con el motor en marcha, me espero en el claro
Ya es hora de volver al pueblo de nuevo
Donde el aire es suave y fresco
Tampoco tardaré mucho en estar de regreso

Cuando me escondo en las nubes
Me escondo en las nubes
Cuando me escondo en las nubes
En paradero desconocido

Escondido en las nubes
Escondido en las nubes
Cuando me escondo en las nubes
En paradero desconocido
Paradero desconocido

Cloud-hidden
Cloud-hidden
Cloud-hidden
Whereabouts unknown

Escondido en las nubes
Escondido en las nubes
Escondido en las nubes
Paradero desconocido

DID YE GET HEALED?

I wanna know did you get the feeling
Did you get it down in your soul?
I wanna know did you get the feeling
And did the feeling grow?

Sometimes when the spirit moves me
I can do many wondrous things
I wanna know when the spirit moves you
Did you get healed?

When I begin to realise it manifest in my life
In oh so many ways
Every day I wanna talk about it and walk about it
Every day I wanna be closer

I wanna know did you get the feeling?
Did you get it down in your soul?
I wanna know did you get the feeling?
Oh did you get healed?

When I begin to realise the magic in my life
See it manifest in oh so many ways
Every day it's getting better and better
I wanna be daily walking, daily walking close

It gets stronger when you get the feeling
When you get it down in your soul
And it make you feel good
And it make you feel whole

When the spirit moves you
And it fills you through and through
Every morning and at the break of day
Did you get healed?

Did you get healed?
Did you get healed?

¿SANASTE?

Quiero saber si lo sentiste
¿Se grabó en tu alma?
Quiero saber si lo sentiste
Y si la sensación creció

A veces, cuando me anima el espíritu
Soy capaz de curiosos portentos
Quiero saber cuándo te anima el espíritu
Y saber si sanaste

Cuando recién me doy cuenta de que se manifiesta
En mi vida, oh, de tantas maneras…
Cada día quiero hablar de ello, caminar con ello
Estar cada día más cerca

Quiero saber si lo sentiste
¿Se grabó en tu alma?
Quiero saber si lo sentiste
Y saber si sanaste

Cuando recién me doy cuenta de la magia
En mi vida, manifiesta de tantas maneras
Cada día se ve tanto mejor, cada día
Quiero encaminarme más cerca

Es más fuerte cuando lo sientes
Cuando se graba en tu alma
Y te hace sentir bien
Te hace sentir pleno

Cuando te anima el espíritu
Y te colma de lleno
Por la mañana temprano
¿Te viste sanado?

¿Te viste?
¿Sanaste?

IRISH HEARTBEAT

Oh won't you stay, stay awhile
With your own ones?
Don't ever stray
Stray so far from your own ones
For the world is so cold
Don't care nothin' for your soul
You share with your own ones

Don't rush away, rush away
From your own ones
One more day, one more day
With your own ones
This old world is so cold
Don't care nothin' for your soul
You share with your own ones

There's a stranger
And he's standing by your door
Might be your best friend
Might be your brother
You may never know

I'm going back, going back
To my own ones
Back to talk, talk awhile
With my own ones
This old world is so cold
Don't care nothing for your soul
You share with your own ones

This old world is so cold
Don't care nothing for your soul
You share with your own ones

LATIDO IRLANDÉS

Ah, ¿no te vas a quedar un rato
Con los tuyos?
No te apartes nunca
No te alejes de los tuyos
Pues el mundo es tan frío
E insensible a tu alma
Que es también de los tuyos

No huyas, no escapes
De los tuyos
Un día más, otro día
Con los tuyos
Pues el mundo es tan frío
E insensible a tu alma
Que es también de los tuyos

Un extraño
Está junto a tu puerta
Puede ser tu mejor amigo
Acaso tu hermano
Quizá nunca lo sepas

Me vuelvo, me vuelvo
Con los míos
Para hablar por un tiempo
Con los míos
Pues el mundo es tan frío
E insensible a tu alma
Que es también de los tuyos

Pues el mundo es tan frío
E insensible a tu alma
Que es también de los tuyos

WHENEVER GOD SHINES HIS LIGHT

Whenever God shines His light on me
Open up my eyes so I can see
When I look up in the darkest night
I know everything's going to be alright

In deep confusion, in great despair
When I reach out for Him, He is there
When I am lonely as I can be
I know that God shines His light on me

Reach out for Him, He'll be there
With Him your troubles you can share
If you live the life you love
You get the blessing from above

He heals the sick and He heals the lame
Says you can do it too in Jesus's name
He'll lift you up and He turns you around
And puts your feet back on higher ground

Reach out for Him, He'll be there
With Him your troubles you can share
You can use His higher power
Every day and any hour

He heals the sick and He heals the lame
And He says you can heal them too in Jesus's name
He lifts you up and He turns you around
And puts your feet back on higher ground
Where He shines His light
Whenever God shines His light, on you, on you

He is the way, He is the truth, He is the light
Puts your feet back, puts your feet back
On higher ground, puts your feet back
Higher ground

Puts your feet back, puts your feet back
On higher ground, puts your feet back
On higher ground

CUANDO BRILLA LA LUZ DE DIOS

Cuando me alumbre la luz de Dios
Abre bien mis ojos para que pueda ver
Cuando miro en la noche más negra
Sé que todo va a salir bien

Aturdido y desesperado
Cuando le busco, allí está Él
Cuando me abruma la soledad
Sé que Dios me iluminará

Búscale, allí estará
Para compartir tus pesares
Si vives la vida que quieres
Bendito eres

Sana a enfermos y tullidos
Y en su nombre también puedes tú
Te levantará y enmendará
Y asentará tus pies bien arriba

Búscale, allí estará
Para compartir tus pesares
Y a todas horas podrás
Reclamar sus poderes

Sana a enfermos y tullidos
Y en su nombre también puedes tú
Te levantará y enmendará
Y asentará tus pies bien arriba
Donde brille su luz
Cuando la haga brillar sobre ti, sobre ti

Es la luz, es el camino y la verdad
Y asienta tus pies, los asienta
Arriba en la tierra, asienta tus pies
Bien arriba

Asienta tus pies, los asienta
Arriba en la tierra asienta tus pies
Bien arriba

HAVE I TOLD YOU LATELY THAT I LOVE YOU?

Have I told you lately that I love you?
Have I told you there's no one above you?
Fill my heart with gladness
Take away my sadness
Ease my troubles, that's what you do

Oh the morning sun in all its glory
Greets the day with hope and comfort too
And you fill my life with laughter
You can make it better
Ease my troubles, that's what you do

There's a love that's divine
And it's yours and it's mine
Like the sun
At the end of the day
We should give thanks and pray to the One and say

Have I told you lately that I love you?
Have I told you there's no one above you?
Fill my heart with gladness
Take away my sadness
Ease my troubles, that's what you do

There's a love that's divine
And it's yours and it's mine
And it shines like the sun
At the end of the day
We will give thanks and pray to the One

Have I told you lately that I love you?
Have I told you there's no one above you?
Fill my heart with gladness
Take away my sadness
Ease my troubles, that's what you do

Take away my sadness
Fill my life with gladness
Ease my troubles, that's what you do

¿TE HE DICHO ÚLTIMAMENTE QUE TE QUIERO?

¿Te he dicho últimamente que te quiero?
¿Que tú estás por encima de todo?
Llenas mi corazón de gozo
Borras mi tristeza
Eso haces, apagas mis penas

Ah, el sol matinal en su gloria
Abre el día con esperanza y consuelo
Contigo me embarga la risa
Y son mejores las cosas
Eso haces, apagas mis penas

Hay un amor que es divino
Y es el tuyo como el mío
Como el sol
Al final del día
Hay que rezar a Dios, dar gracias y preguntar

¿Te he dicho últimamente que te quiero?
¿Que tú estás por encima de todo?
Llenas mi corazón de gozo
Borras mi tristeza
Eso haces, apagas mis penas

Hay un amor que es divino
Y es el tuyo como el mío
Como el sol brilla
Al final del día
Rezaremos a Dios, agradecidos

¿Te he dicho últimamente que te quiero?
¿Que tú estás por encima de todo?
Llenas mi corazón de gozo
Borras mi tristeza
Eso haces, apagas mis penas

Borras mi tristeza
Alegras mi vida
Eso haces, apagas mis penas

Fill my life with gladness
Take away my sadness
Ease my troubles, that's what you do

Mi vida colmas de gozo
Borras mi tristeza
Eso haces, apagas mis penas

CONEY ISLAND

Coming back from Downpatrick
Stopping off at St John's Point
Out all day bird-watching
And the craic was good

Stopped off at Strangford Lough
Early in the morning
Drove through Shrigley taking pictures
And on to Killyleagh
Stopping for Sunday papers at the
Lecale district just before Coney Island

On and on, over the hill to Ardglass in the jam jar
Autumn sunshine, magnificent and all shining through
Stop off at Ardglass for a couple of jars of
Mussels and some potted herrings in case
We get famished before dinner

On and on, over the hill, and the craic is good
Heading towards Coney Island
I look at the side of your face
As the sunlight comes streaming through the window
In the autumn sunshine
And all the time going to Coney Island I'm thinking
'Wouldn't it be great if it was like this all the time?'

CONEY ISLAND

A la vuelta de Downpatrick
Nos detuvimos en St John's Point
Lo pasamos mirando pájaros
Qué buena onda aquel día

Por la mañana temprano
Paramos en Strangford Lough
Tomamos fotos al cruzar Shrigley
Y seguimos para Killyleagh
Compramos luego el diario dominical
En Lecale antes de Coney Island

Seguimos por la colina hasta Ardglass en coche
Bajo un esplendoroso sol otoñal
Para matar el hambre antes de cenar
Paramos a devorar mejillones
Y arenques escabechados

Adelante, por las colinas, qué buena onda
De camino hacia Coney Island
Contemplé tu perfil
A la luz del sol otoñal
Que irrumpía por la ventanilla
Y a lo largo de todo el camino hacia Coney Island
Pensaba «¿no sería genial que así fuera siempre?»

ORANGEFIELD

On a golden autumn day
You came my way in Orangefield
Saw you standing by the riverside in Orangefield
How I loved you then in Orangefield
Like I love you now in Orangefield

And the sun shone on your hair
When I saw you there in Orangefield
Saw you standing by the riverside in Orangefield
How I loved you then in Orangefield
Like I love you now in Orangefield

And the sun shone so bright
And it lit up all our days
You were the apple of my eye
Baby, it's true

On a golden autumn day
All my dreams came true in Orangefield
On a throne of Ulster day
You came my way in Orangefield
How I loved you then in Orangefield
Like I love you now in Orangefield

And the sun shone so bright
And it lit up all our lives
And the apple of my eye
Baby, was you

On a throne of Ulster day
You came my way in Orangefield
Saw you standing by the riverside in Orangefield
How I loved you then in Orangefield
Like I love you now in Orangefield

How I loved you then in Orangefield
Like I love you now in Orangefield

ORANGEFIELD

En un dorado día otoñal
Nos cruzamos en Orangefield
Junto al río te vi en Orangefield
Cuánto te amaba allí en Orangefield
Como ahora te amo en Orangefield

Y el sol relucía en tu pelo
Cuando allí te vi en Orangefield
Junto al río te vi en Orangefield
Cuánto te amaba allí en Orangefield
Como ahora te amo en Orangefield

Y el sol brillaba tan fuerte
Que encendía nuestras vidas
Eras la niña de mis ojos
Nena, así es

En un dorado día otoñal
En Orangefield se realizaron mis sueños
Coronado en mi tierra
Nos cruzamos en Orangefield
Cuánto te amaba allí en Orangefield
Como ahora te amo en Orangefield

Y el sol brillaba tan fuerte
Que encendía nuestras vidas
Y la niña de mis ojos
Nena, eras tú

Coronado en mi tierra
Nos cruzamos en Orangefield
Junto al río te vi en Orangefield
Cuánto te amaba allí en Orangefield
Como ahora te amo en Orangefield

Cuánto te amaba allí en Orangefield
Como ahora te amo en Orangefield

THESE ARE THE DAYS

These are the days of the endless summer
These are the days, the time is now
There is no past, there's only future
There's only here, there's only now

Oh your smiling face, your gracious presence
The fires of spring are kindling bright
Oh the radiant heart and the song of glory
Crying freedom in the night

These are the days by the sparkling river
His timely grace and our treasured find
This is the love of the one magician
Turned the water into wine

These are the days of the endless dancing
And the long walks on the summer night
These are the days of the true romancing
When I'm holding you oh so tight

These are the days by the sparkling river
And His timely grace and our treasured find
This is the love of the one great magician
Turned the water into wine

These are the days now that we must savour
And we must enjoy as we can
These are the days that will last for ever
You've got to hold them in your heart

SON ÉSTOS LOS DÍAS

Son éstos los días del eterno verano
Y éste el momento, son éstos los días
No hay pasado, hay sólo futuro
Y sólo cuenta ahora y aquí

Ah, tu expresión sonriente, tu presencia gentil
Los fuegos de primavera que prenden tan vivos
Ah, el corazón radiante y el himno glorioso
Gritando en la noche «libertad»

Son éstos los días junto al río espumoso
Su merced oportuna y nuestro hallazgo preciado
Es éste el amor del mago
Que convirtió el agua en vino

Son éstos los días del baile interminable
Y las caminatas en la noche estival
Son éstos los días del idilio sin par
Cuando te agarro la mano, ah

Son éstos los días junto al río espumoso
Y Su merced oportuna y nuestro hallazgo preciado
Es éste el amor de un mago genial
Que convirtió el agua en vino

Son éstos los días que debemos gozar
Y disfrutar tanto o más
Son éstos los días que duran por siempre
Y hay que atesorar

SO QUIET IN HERE

Foghorns blowing in the night
Salt sea air in the morning breeze
Driving cars all along the coastline
This must be what it's all about
Oh this must be what it's all about
This must be what paradise is like
So quiet in here, so peaceful in here
So quiet in here, so peaceful in here

The warm look of radiance on your face
And your heart beating close to mine
And the evening fading in the candle glow
This must be what it's all about
Oh this must be what it's all about
This must be what paradise is like
So quiet in here, so peaceful in here
So quiet in here, so peaceful in here

All my struggling in the world
And so many dreams that don't come true
Step back, put it all away
It don't matter, it don't matter any more
Oh this must be what paradise is like
This must be what paradise is like
It's so quiet in here, so peaceful in here
It's so quiet in here, so peaceful in here

A glass of wine with some friends
Talking into the wee hours of the dawn
Sit back and relax your mind
This must be, this must be, what it's all about
This must be what paradise is like
Oh this must be what paradise is like
So quiet in here, so peaceful in here
So quiet in here, so peaceful in here

Big ships out in the night
And we're floating across the waves
Sailing for some other shore

TANTA CALMA AQUÍ

Sirenas sonando en la noche
Brisa matinal de salitre
Los coches bordean la costa
En esto quizá consista la vida
Ah, en esto quizá consista la vida
Y debe de ser así el paraíso
Tanta calma, tan plácido aquí
Tanta calma, tan plácido aquí

Tu expresión radiante y cálida
Tu corazón que junto al mío palpita
Y el ocaso como la luz de una vela
En esto quizá consista la vida
Ah, en esto quizá consista la vida
Y debe de ser así el paraíso
Tanta calma, tan plácido aquí
Tanta calma, tan plácido aquí

Todos los aprietos pasados
Y tantos sueños irrealizados
Retírate, déjalo todo
Ya no importa, la cosa no importa
Ah, es así quizá el paraíso
Debe de ser así el paraíso
Tanta calma, tan plácido aquí
Tanta calma, tan plácido aquí

Una ronda de vinos con los amigos
Charlando hasta el amanecer
Reclínate y relaja la mente
En esto, en esto quizá consista la vida
Quizá sea así el paraíso
Debe de ser así el paraíso
Tanta calma, tan plácido aquí
Tanta calma, tan plácido aquí

Buques que se ven en la noche
Y nosotros flotando en las olas
Navegando hacia otras costas

Where we can be what we wanna be
Oh this must be what paradise is like
This must be what paradise is like
Baby, it's so quiet in here, so peaceful in here
So quiet in here, peaceful in here
So quiet in here, so peaceful in here
So quiet in here, so quiet in here
So peaceful in here, so quiet in here

Donde seremos según nuestro deseo
Ah, es así quizá el paraíso
Debe de ser así el paraíso
Nena, es tanta calma y tan plácido aquí
Tanta calma, tan plácido aquí
Tanta calma, tan plácido aquí
Tanta calma, tanta calma es aquí
Tan plácido y calmo

IN THE DAYS BEFORE ROCK 'N' ROLL
(Van Morrison and Paul Durcan)

Justin, gentler than a man
I am down on my knees
At the wireless knobs
I am down on my knees
At those wireless knobs
Telefunken, Telefunken
And I'm searching for
Luxembourg, Luxembourg
Athlone, Budapest, AFN
Hilversum, Helvetia
In the days before rock 'n' roll

In the days before rock 'n' roll
In the days before rock 'n' roll
When we let, then we bet
On Lester Piggott when we met
We let the goldfish go
In the days before rock 'n' roll

Fats did not come in
Without those wireless knobs
Fats did not come in
Without those wireless knobs
Elvis did not come in
Without those wireless knobs
Nor Fats, nor Elvis
Nor Sonny, nor Lightnin'
Nor Muddy, nor John Lee

In the days before rock 'n' roll
In the days before rock 'n' roll
When we let and we bet
On Lester Piggott, ten to one
And we let the goldfish go
Down the stream
Before rock 'n' roll

We went over the wavebands
To get Luxembourg

ANTES DEL ROCANROL
(Van Morrison y Paul Durcan)

Justin, qué niño más bueno
Estoy de rodillas
Ante el dial de la radio
Estoy de rodillas
Ante el dial de la radio
Telefunken, Telefunken
Quiero sintonizar Luxemburgo,
Luxemburgo
Athlone, Budapest, AFN
Hilversum, Helvetia
Antes del rocanrol

Antes del rocanrol
Antes del rocanrol
Si se podía, se apostaba
Entre todos a Lester Piggot
Soltábamos a los pececitos
Antes del rocanrol

Fats no lo pillabas
Sin los diales de la radio
Fats no lo pillabas
Sin los diales de la radio
Elvis no lo pillabas
Sin los diales de la radio
Ni Fats, ni Elvis
Ni Sonny, ni Lightnin'
Ni Muddy, ni John Lee

Antes del rocanrol
Antes del rocanrol
Cuando se podía y apostábamos
10 a 1, a Lester Piggott
Y soltábamos a los pececitos
Abajo por el río
Antes del rocanrol

Recorríamos las ondas
Para pillar Luxemburgo

Luxembourg and Athlone
AFN Stars of Jazz
Come in, come in, come in, Ray Charles
Come in, the high priest

In the days before rock 'n' roll
In the days before rock 'n' roll
When we let and we bet
On Lester Piggott, ten to one
And we let the goldfish go
And then The Killer came along, The Killer
The Killer, Jerry Lee Lewis
'A Whole Lotta Shakin' Goin' on'
'Great Balls of Fire'
Little Richard

Justin, gentler than a man
Justin, Justin, where is Justin now?
What's Justin doing now?
Just, where is Justin now?
Come aboard

Luxemburgo y Athlone
AFN Stars of Jazz
Dale, dale y dale, Ray Charles
Dale, sumo sacerdote

Antes del rocanrol
Antes del rocanrol
Cuando se podía apostábamos
10 a 1, a Lester Piggott
Y soltábamos a los pececitos
Y luego irrumpió el Asesino
El Asesino, Jerry Lee Lewis
«A Whole Lotta Shakin' Goin' on»
«Great Balls of Fire»
Little Richard

Justin, qué niño más bueno
Justin, Justin ¿dónde está ahora?
¿Qué anda haciendo ahora?
¿Dónde está Justin ahora?
Sube abordo

MEMORIES

Memories
All I have is memories
All I have is memories
Memories of you

Now you're gone
They linger on, these memories
All these precious memories
Memories of you

How they linger in the twilight
In the morning in the small hours
Just before dawn

Memories
Of summer days so long ago
People and the places
That we used to know
Oh those memories

How they linger in the twilight
And in the wee small hours
Sometimes just before the dawn

Oh those memories
Oh happy times, those memories
All I have now is memories
Memories of you

Oh memories
Oh those precious memories
All I have is memories
Memories of you

Memories of you
Memories of you
Oh those memories of you
Oh those memories of you
Oh the precious memories of you
Oh memories of you

RECUERDOS

Recuerdos
No tengo más que recuerdos
No tengo más que recuerdos
Recuerdos de ti

Ahora que ya no estás
Perviven estos recuerdos
Estos preciosos recuerdos
Recuerdos de ti

Cómo perviven en el crepúsculo
Y de madrugada
Antes del alba

Recuerdos
De remotos veranos
Gente y lugares
Conocidos antaño
Ah, qué recuerdos

Cómo perviven en el crepúsculo
Y de madrugada
A veces, antes del alba

Ah, qué recuerdos
Qué tiempos felices, esos recuerdos
No tengo más que recuerdos
Recuerdos de ti

Ah, recuerdos
Esos preciosos recuerdos
No tengo más que recuerdos
Recuerdos de ti

Recuerdos de ti
Recuerdos de ti
Ah, esos recuerdos de ti
Ah, esos recuerdos de ti
Que preciosos recuerdos de ti
Ah, recuerdos de ti

WHY MUST I ALWAYS EXPLAIN?

Have to toe the line, I've got to make the most
Spent all these years going from pillar to post
Now I'm standing on the outside and I'm waitin' in the rain
Tell me why must I always explain?

Bared my soul to the crowd, but oh what the cost
Most of them laughed out loud like nothing's been lost
There were hypocrites and parasites and people that drain
Tell me why must I always explain?

Why, why must I always explain
Over and over, over again?
It's just a job you know and it's not 'Sweet Lorraine'
Tell me why must I always explain?

Well, I get up in the morning and I get my brief
I go out and stare at the world in complete disbelief
It's not righteous indignation that makes me complain
It's the fact that I always have to explain

I can't be everywhere at once, there's always somebody to see
And I never turned out to be the person that you wanted me to be
And I tell you who I am time and time and time again
Tell me why must I always explain?

Well, it's out on the highway and it's on with the show
Always telling people things they're too lazy to know
It can make you crazy, it can drive you insane
Tell me why must I always explain?

¿POR QUÉ DEBO EXPLICARLO SIEMPRE?

Hay que conformarse, sacarle todo el provecho
Pasé todos estos años como puta por rastrojo
Empapado por la lluvia, ando ahora a la intemperie
Dime por qué debo explicarlo siempre

Desnudé mi alma a la multitud, y a qué precio
La mayoría se rio como si nada fuera
Hipócritas, parásitos y sanguijuelas
Dime por qué debo explicarlo siempre

¿Por qué, por qué lo debo siempre explicar
Una y otra y otra vez sin parar?
No es más que trabajo y no es «Sweet Lorraine»
Dime por qué debo explicarlo siempre

Me levanto por la mañana y cumplo con mi deber
Salgo y me miro el mundo, escéptico a más no poder
No me lamento por mero aspaviento
Es que no puedo más de tener que explicar

No soy ubicuo y siempre hay alguien a quien ver
Ni resulté ser la persona que tu deseaste ver
Y te cuento quién soy yo una y otra y otra vez
Dime por qué debo explicarlo siempre

Pues eso, salimos de gira y tiramos de bolos
Desconocen por pereza las cosas que digo
Es para volverse loco y estar como ido
Dime por qué debo explicarlo siempre

SEE ME THROUGH, PART TWO
(JUST A CLOSER WALK WITH THEE)

Just a closer walk with Thee
Grant it, Jesus, if you please
I'll be satisfied as long as I walk, dear Lord, close to Thee

I am weak but Thou art strong
Jesus, keep me from all wrong
I'll be satisfied as long as I walk, dear Lord, close to Thee

See me through days of wine and roses
By and by when the morning comes
Jazz and blues and folk, poetry and jazz
Voice and music, music and no music
Silence and then voice
Music and writing, words
Memories, memories way back
Take me way back, Hyndford Street and Hank Williams
Louis Armstrong, Sidney Bechet on Sunday afternoons in winter
Sidney Bechet, Sunday afternoons in winter
And the tuning in of stations in Europe on the wireless
Before, yes, before this was the way it was
More silence, more breathing together
Not rushing, being
Before rock 'n' roll, before television
Previous, previous, previous
See me through, just a closer walk with Thee

Just a closer walk with Thee
Grant it, Jesus, if you please
I'll be satisfied as long as I walk, dear Lord, close to Thee

I am weak but Thou art strong
Jesus, keep me from all wrong
I'll be satisfied as long as I walk, dear Lord, close to Thee

AYÚDAME, SEGUNDA PARTE
(UN PASEO MÁS CERCA DE TI)

Sólo un íntimo paseo contigo
Concédeme, Jesús, por favor
Quedaré complacido, Dios mío, si puedo caminar junto a ti

Soy débil pero Tú eres fuerte
Aléjame de todo mal, Jesús
Quedaré complacido, Dios mío, si puedo caminar junto a ti

Acompáñame en los días de vino y rosas
Quédate hasta que salga el sol
Poesía y jazz, jazz y blues y folk
Voz y música, música y no
Silencio y voz
Música y escritura, palabras
Recuerdos, recuerdos, atrás
Remóntame a Hyndford Street y Hank Williams
Louis Armstrong, Sidney Bechet en las tardes de domingo invernales
Sidney Bechet, tardes de domingo invernales
Y la sintonía de las emisoras continentales
Antes, sí, antes de que esto fuera lo que es
Más silencio, una respiración más armónica
Sin prisas, ser
Antes del rocanrol, antes de la televisión
Y anterior, anterior, anterior
Acompáñame, sólo un íntimo paseo contigo

Sólo un íntimo paseo contigo
Concédeme, Jesús, por favor
Quedaré complacido, Dios mío, si puedo caminar junto a ti

Soy débil pero Tú eres fuerte
Aléjame de todo mal, Jesús
Quedaré complacido, Dios mío, si puedo caminar junto a ti

TAKE ME BACK

I've been walking by the river
I've been walking down by the water
I've been walking down by the river

I've been feeling so sad and blue
I've been thinking, I've been thinking, I've been thinking
I've been thinking, I've been thinking, I've been thinking
And there's so much suffering, and it's too much confusion
Too much, too much confusion in the world

Take me back, take me back, take me back
Take me way back, take me way back, take me way back
Take me way back, take me way back, take me way back
Take me way back, take me way back
Take me way, way, way, way, way, way, way back
Help me, help me understand
Take me, do you remember the time, darlin'
When everything made more sense in the world?
Oh I remember, I remember
When life made more sense
Ah take me back, take me back, take me back, take me back
Take me back, take me back, take me back, take me back
Take me back to when the world made more sense
Well, there's too much suffering and confusion
And I'm walking down by the river
Oh let me understand religion

Way back, way back
When you walked in a green field, in a green meadow
Down an avenue of trees
On a, on a golden summer
And the sky was blue
And you didn't have no worries, you didn't have no care
You were walking in a green field
In a meadow, through the buttercups, in the summertime
And you looked way out over, way out
Way out over the city and the water
And it felt so good and it felt so good
And you keep on walking

LLÉVAME DE NUEVO

Estuve paseando por el río
Estuve paseando junto al agua
Paseando por la orilla del río

Sintiéndome tan desolado y triste
Pensaba, pensaba, pensaba
Pensaba, pensaba, pensaba
Hay tanto dolor, tanta confusión
Demasiada, demasiada confusión en el mundo

Llévame de nuevo, llévame de nuevo, llévame de nuevo
Llévame lejos, llévame lejos, llévame lejos
Llévame lejos, llévame lejos, llévame lejos
Llévame lejos, llévame lejos, llévame lejos
Llévame muy, muy, muy, muy, muy lejos
Ayúdame, ayúdame a comprender
Llévame de nuevo, ¿recuerdas el tiempo, amor mío
En que todo en el mundo tenía más sentido?
Oh, lo recuerdo, sí, lo recuerdo
Cuando la vida tenía más sentido
¡Ay!, llévame de nuevo, llévame de nuevo, llévame de nuevo
Llévame de nuevo, llévame de nuevo, llévame de nuevo
Llévame de nuevo al tiempo en que el mundo tenía más sentido
Sí, demasiado dolor, demasiada confusión
Yo camino a la orilla del río
¡Ah!, deja que entienda la religión

Lejos, lejos
Cuando caminabas por el campo verde, por el prado verde
Por una alameda
En un verano dorado
Y el cielo era azul
Y no tenías inquietudes ni temores
Caminabas por el campo verde
Entre flores por el prado estival
Y tú mirabas más allá, mucho más allá
Más allá de la ciudad y el mar
Y sentaba tan bien, sentaba tan bien
Y seguías caminando

And the music on the radio and the music on the radio
Has so much soul, has so much soul
And you listen, in the night-time
While we're still and quiet
And you looked out on the water
And the big ships and the big boats
Came on sailing by, by, by, by
And you felt so good, and I felt so good
I felt I wanna blow my harmonica

Take me back there, take me way back
Take me back, take me back, take me back
Take me way, way, way back, way back
To when, when I understood
When I understood the light, when I understood the light
In the golden afternoon, in the golden afternoon
In the golden afternoon, in the golden afternoon
In the golden afternoons when we sat and listened to Sonny Boy blow

In the golden afternoon when we sat and let Sonny Boy blow, blow his harp

Take me back, take me back, take me back
Take me way, way, way, way, way, way, way
Back when I, when I understood, when I understood
Oh take me way back, when, when, when, when, when, when
When, when, when, when, when, when, when
I was walking down the
Walking down the street in the rain
And it didn't matter
'Cause everything felt, everything felt, everything felt
Everything felt, everything felt, everything felt, everything felt
Everything felt, everything felt, everything felt so right

And so good
Everything felt so right, and so good
Everything felt so right, and so good
Everything felt so right, and so good
Everything felt so right, and so good
Everything felt so right, and so good, so good

Y la música en la radio, la música en la radio
Tiene alma, tiene tanta alma
Y la escuchas por la noche
Mientras guardamos silencio, mientras callamos
Y miraste hacia el agua
A los buques y las barcas
Que navegaban, adiós, adiós, adiós
Y te sentiste bien, y me sentí bien
Noté que quería tocar la armónica

Llévame de nuevo allí, llévame lejos
Llévame de nuevo, llévame de nuevo, llévame de nuevo
Llévame muy, muy, muy, muy, muy lejos
Al tiempo en que comprendí
En que comprendí la luz, en que comprendí la luz
En la tarde dorada, en la tarde dorada
En la tarde dorada, en la tarde dorada
En las tardes doradas, cuando nos sentábamos a escuchar a
    Sonny Boy

En la tarde dorada, cuando nos sentábamos para dejar que Sonny Boy
    tocara su armónica

Llévame de nuevo, llévame de nuevo, llévame de nuevo
Llévame muy, muy, muy, muy, muy lejos
Al tiempo en que, en que comprendí, en que comprendí
¡Oh!, llévame lejos, al tiempo en que, al tiempo en que,
Al tiempo en que, al tiempo en que, al tiempo en que
Me encaminaba calle abajo
Caminaba calle abajo bajo la lluvia
Y no importaba nada
Porque todo sentaba, todo sentaba, todo sentaba
Todo sentaba, todo sentaba, todo sentaba, todo sentaba
Todo sentaba, todo sentaba, todo sentaba de maravilla

Y tan bien
Todo sentaba de maravilla, tan bien
Todo sentaba de maravilla, tan bien
Todo sentaba de maravilla, tan bien
Todo sentaba de maravilla, tan bien
Todo sentaba de maravilla, tan bien, tan bien

In the eternal now, in the eternal moment
In the eternal now, in the eternal moment
In the eternal now
Everything felt so good, so good, so good, so good, so good
And so right, so right, so right, just
So good, so right, so right, in the eternal
In the eternal moment, in the eternal moment
In the eternal moment, in the eternal moment
When you lived, when you lived
When you lived in the light
When you lived in the grace
In the grace, in grace
When you lived in the light
In the light, in the grace
And the blessing

En el ahora eterno, en el momento eterno
En el ahora eterno, en el momento eterno
En el ahora eterno
Todo sentaba tan bien, tan bien, tan bien, tan bien
De maravilla, de maravilla, tan de maravilla
Tan bien, tan bien, tan bien, en el eterno
En el momento eterno, en el momento eterno
En el momento eterno, en el momento eterno
Cuando vivías, cuando vivías
Cuando vivías en la luz
Cuando vivías en la gracia
En la gracia, en la gracia
Cuando vivías en la luz
En la luz, en la gracia
Y la bendición

ALL SAINTS DAY

Here comes Sue and she looks crazy
Skipping down the hillside daily
Looking like the flowers that bloom in May
Won't you make your reservation?
I will meet you at the station
Won't you come and see me, All Saints Day?

Follow the lead, it is no wonder, I seem to be so high
Living my dreams the way I ought to
As the days go rolling by

See me strolling through the meadow
With you, baby, by my side
Won't you come and see me, All Saints Day?

See the streamline blue horizon
With you, baby, by the way
Won't you come and see me, All Saints Day?
You can make your reservation
I will meet you at the station
When you come to see me, All Saints Day

When you come to see me, All Saints Day
When you come to see me, All Saints Day

DÍA DE TODOS LOS SANTOS

Ahí viene Sue con cara de loca
Deslizándose ladera abajo a diario
Luciendo como las flores de mayo
¿No vas a hacer la reserva?
Nos vemos en la estación
¿Vendrás a verme por Todos los Santos?

Siga la flecha, no es de extrañar que se me vea puesto
Viviendo mis sueños como debiera
A medida que pasan los días

Mírame de paseo por los prados
Contigo, nena, a mi lado
¿No vendrás a verme por Todos los Santos?

Ver el diáfano horizonte azul
Contigo, nena, por cierto
¿No vendrás a verme por Todos los Santos?
Puedes hacer la reserva
Nos vemos en la estación
Cuando vengas a verme por Todos los Santos

Cuando vengas a verme por Todos los Santos
Cuando vengas a verme por Todos los Santos

HYMNS TO THE SILENCE

Oh my dear, oh my dear sweet love
Oh my dear, oh my dear sweet love
When I'm away from you, when I'm away from you
Well, I feel, well, I feel so sad and blue
Well, I feel, well, I feel so sad and blue
Oh my dear, oh my dear, oh my dear sweet love
When I'm away from you, I just have to sing my hymns
Hymns to the silence, hymns to the silence
Hymns to the silence, hymns to the silence

Oh my dear, oh my dear sweet love, it's a long, long journey
Long, long journey, journey back home
Back home to you, feel you by my side
Long journey, journey, journey
In the midnight, in the midnight, I burn the candle
Burn the candle at both ends, burn the candle at both ends
Burn the candle at both ends, burn the candle at both ends
And I keep on, 'cause I can't sleep at night
Until the daylight comes through
And I just, and I just have to sing, sing my
Hymns to the silence, hymns to the silence
Hymns to the silence, my hymns to the silence

I wanna go out in the countryside
Oh sit by the clear cool crystal water
Get my spirit, way back to the feeling
Deep in my soul, I wanna feel
Oh so close to the one, close to the one
Close to the one, close to the one
And that's why I keep on singing, baby
My hymns to the silence, hymns to the silence

Oh my hymns to the silence, hymns to the silence
Oh hymns to the silence, oh hymns to the silence
Oh hymns to the silence, hymns to the silence
Oh my dear, my dear sweet love
Can you feel the silence, can you feel the silence?
Can you feel the silence, can you feel the silence?

HIMNOS AL SILENCIO

Ay, mi amada, mi amorcito querido
Ay, mi amada, mi amorcito querido
Cuando estoy lejos de ti, cuando estoy lejos de ti
Pues, me siento, me siento muy triste y solo
Pues, me siento, me siento muy triste y solo
Ay, mi amada, mi amada, mi amorcito querido
Al estar lejos de ti, tengo que entonar mis himnos
Himnos al silencio, himnos al silencio
Himnos al silencio, himnos al silencio

Ay, mi amada, mi amorcito querido, qué largo trecho
Largo, largo trecho, qué largo de vuelta a casa
De vuelta a ti, para estar junto a mí
Qué largo, largo, largo trecho
A medianoche, a medianoche enciendo la vela
La enciendo por ambos cabos, por ambos cabos la enciendo
La enciendo por ambos cabos, por ambos cabos la enciendo
Y aguanto, porque paso la noche en vela
Hasta que el día se desvela
Y sólo tengo que entonar, entonar
Mis himnos al silencio, himnos al silencio
Mis himnos al silencio, himnos al silencio

Quiero salir al campo
Sentarme junto al agua cristalina y fresca
Recobrar el ánimo y la sensación
Tan honda, quiero sentirme
Ah, tan próximo a él, próximo a él,
Cerca, muy cerca de él
Y por eso sigo cantando, nena
Mis himnos al silencio, himnos al silencio

Oh, mis himnos al silencio, himnos al silencio
Oh, himnos al silencio, himnos al silencio
Oh, himnos al silencio, himnos al silencio
Ay, mi amada, mi amorcito querido
¿Puedes sentir el silencio, puedes sentirlo?
¿Puedes sentir el silencio, puedes sentirlo?

Hymns to the silence, hymns to the silence
Hymns to the silence, hymns to the silence
Hymns to the silence, hymns to the silence
Hymns to the silence, hymns to the silence
Hymns to the silence, hymns to the silence

Himnos al silencio, himnos al silencio
Himnos al silencio, himnos al silencio
Himnos al silencio, himnos al silencio
Himnos al silencio, himnos al silencio
Himnos al silencio, himnos al silencio

ON HYNDFORD STREET

*Take me back, take me way, way, way back, on Hyndford
    Street*
*Where you could feel the silence at half past eleven on long
    summer nights*
*As the wireless played Radio Luxembourg and the voices
    whispered across Beechie River*
*In the quietness as we sank into restful slumber in the silence
    and carried on dreaming in God*
*And walks up Cherryvalley from North Road Bridge railway
    line on sunny summer afternoons*
*Picking apples from the side of the tracks that spilled over
    from the gardens of the houses on Cyprus Avenue*
*Watching the moth catcher work the floodlights in the
    evenings and meeting down by the pylons*
*Playing round Mrs Kelly's lamp, going out to Holywood on
    the bus*
*And walking from the end of the lines to the seaside,
    stopping at Fusco's for ice cream*
In the days before rock 'n' roll
*Hyndford Street, Abetta Parade, Orangefield, St Donard's
    Church*
*Sunday six bells and in between the silence there was
    conversation*
*And laughter and music and singing and shivers up the back
    of the neck*
*And tuning into Luxembourg late at night and jazz and blues
    records during the day*
*Also Debussy on the Third Programme, early mornings when
    contemplation was best*
*Going up the Castlereagh Hills and the Cregagh Glens in
    summer and coming back*
*To Hyndford Street, feeling wondrous and lit up inside, with
    a sense of everlasting life*
And reading Mr Jelly Roll and Big Bill Broonzy and Really
    the Blues *by Mezz Mezzrow*
And Dharma Bums *by Jack Kerouac, over and over again*
And voices echoing late at night over Beechie River
And it's always being now, and it's always being now
It's always now. Can you feel the silence?

EN HYNDFORD STREET

Llévame de nuevo, llévame de nuevo, llévame de nuevo
    a Hyndford Street
Donde se sentía el silencio a las once y media
    en las largas noches de verano
Mientras sonaba Radio Luxemburgo y susurraban las voces
    por el río Beechie
En la quietud, sumiéndonos en el sopor silencioso y reparador
    cuando soñábamos aún en Dios
Y los paseos a Cherryvalley desde el puente de North Road
    en soleadas tardes estivales
Robando manzanas, junto a las vías, que se derramaban de los
    huertos en Cyprus Avenue
Observando al exterminador de polillas trabajando en los focos
    al ocaso, y citándonos en las torres de alta tensión
Jugando en torno al farol de la sra. Kelly, yendo a Holywood
    en el autobús
Y caminando desde el final de línea hasta el litoral,
    con parada en Fusco's para un helado
Antes del rocanrol
Hyndford Street, Abetta Parade, Orangefield, St. Donard's
    Church
Las campanas domingo a las seis y entre una y otra
    se oía charlar
Y risas y música y cantos y escalofríos por el
    espinazo
Y sintonizar Luxemburgo de madrugada y discos
    de jazz y de blues en el día
También Debussy en el Tercer Canal, de mañana temprano
    cuando se contempla mejor
Subiendo a las colinas de Castlereagh y a las cañadas de Cregagh
    en verano y volver
A Hyndford Street, sintiéndonos de maravilla e iluminados por
    dentro, como si la vida fuera a durar para siempre
Y leer a Mr Jelly Roll y a Big Bill Broonzy y *Really the Blues*
    de Mezz Mezzrow
Y los *Vagabundos del dharma* de Jack Kerouac, una y otra vez
Y el eco de las voces de madrugada en el río Beechie
Y siempre es ahora, siempre es ahora
Siempre es ahora. ¿Sientes el silencio?

On Hyndford Street where you could feel the silence
At half past eleven on long summer nights
As the wireless played Radio Luxembourg and the voices
    whispered across Beechie River
And in the quietness we sank into restful slumber in silence
And carried on dreaming in God

En Hyndford Street donde podías sentir el silencio
A las once y media en largas noches veraniegas
Mientras sonaba Radio Luxemburgo y susurraban las voces
    por el río Beechie
En la quietud, sumiéndonos en el sopor silencioso y reparador
Cuando soñábamos aún en Dios

TOO LONG IN EXILE

Too long in exile
Too long not singing my song
Too long in exile
Too long like a rolling stone
Too long in exile

Too long in exile
Baby, those people just ain't, just ain't your friends
Too long in exile, my friend
You can never go home again

Well, that isolated feeling
Drives you so close up against the wall
Till you feel like you can't go on
You've been in the same place for too long

Too long in exile
Baby, you can never go back home
Too long in exile
Any way you want

Oh that isolated feeling
Drives you up against, up against the wall
'Cause you've been on the mainland, baby
Been on the mainland, comin' on strong

Too long in exile
Too long people keep hanging on
Too long in exile
Too long like a rolling stone

And the wheeling and the dealing
All takes up too much time
Check your better self, baby
You'd better satisfy, satisfy your mind

Too long in exile
Too long you've been grinding at the mill
Too long in exile
Man, I've really just had my fill

DEMASIADO TIEMPO EXILADO

Demasiado tiempo exilado
Demasiado tiempo sin cantar mi canción
Demasiado tiempo exilado
Demasiado tiempo cual bala perdida
Demasiado tiempo exilado

Demasiado tiempo exilado
Nena, esa gente es que no, no son tus amigos
Demasiado tiempo exilado, mi amigo
Ya no podrás volver a casa

Es que ese sentimiento aislado
Te lleva a un callejón sin salida
Hasta sentir que no puedes más
Estuviste demasiado en el mismo lugar

Demasiado tiempo exilado
Nena, nunca podrás regresar
Demasiado tiempo exilado
Te lo mires así como asá

Ah, ese sentimiento aislado
Te lleva a un callejón sin salida
Porque estuviste en el continente, nena
Y forzaste de más la estadía

Demasiado tiempo exilado
Demasiado tiempo que la gente se espera
Demasiado tiempo exilado
Demasiado tiempo cual bala perdida

Y los apaños y componendas
Consumen tiempo en exceso
Prueba con tu mejor versión, nena
Más vale que satisfagas tu mente

Demasiado tiempo exilado
Demasiado tiempo molido, currando
Demasiado tiempo exilado
Tío, de verdad que estoy harto

Too long in exile
You can never go back home again
Too long in exile
Just about to drive me just insane

Too long in exile, been too long in exile
Just like James Joyce, baby
Too long in exile
Just like Samuel Beckett, baby
Too long in exile
Just like Oscar Wilde
Too long in exile
Just like George Best, baby
Too long in exile
Just like Alex Higgins, baby
Too long in exile

Demasiado tiempo exilado
Nunca vas a volver a casa
Demasiado tiempo exilado
Tanto como para volverme majara

Demasiado tiempo, demasiado tiempo exilado
Igual que James Joyce, nena
Demasiado tiempo exilado
Igual que Samuel Beckett, nena
Demasiado tiempo exilado
Igual que Oscar Wilde, nena
Demasiado tiempo exilado
Igual que George Best, nena
Demasiado tiempo exilado
Igual que Alex Higgins, nena
Demasiado tiempo exilado

WASTED YEARS
(duet with John Lee Hooker)

Wasted years being brainwashed by lies
Oh yes I have
Oh wasted years
I'm talking about wasted years
Oh I'm not seeing eye to eye
I just can't see the things I should see
Wasted years, baby
I was taking the wrong advice
I know you was, I know you was
And I was too

All alone I'm travelling
Travelling through these wasted years
For so long, so long, so long I was
Oh I must have gained some wisdom
Down through the years I did
Somewhere along the way
Oh yes I did, oh yes I did
That's why there can't be no more
No more
No more wasted years today
I got wise, I got wise to myself

Well, baby, the great sadness
Oh you've got to let it all go
Oh yeah, oh yeah, Van
Live in the present
Live in the future, Johnny, ain't that so?
Oh it's a sad feeling, oh yeah
Oh you've gotta fi nd something
To carry you through, carry you through
Carry you through

I've learned my lesson
I ain't gonna do it no more, yeah
Now, Van
Now, John
I've learned my lesson

AÑOS PERDIDOS
(dúo con John Lee Hooker)

Años perdidos manipulado por las mentiras
Ah, los perdí
Ay, los años perdidos
De eso hablo: años perdidos
Ah, no veo las cosas claras
No alcanzo a ver lo que debería
Años perdidos, nena
Mal aconsejado en la vida
Sé que lo fuiste, lo sé
Y yo también

Solo voy viajando
Viajando por esos años perdidos
Tantos años perdidos, tantos perdí
Ah, puede que me hiciera más sabio
A lo largo de esos años, quizá
En algún lugar del trayecto
Sí, así fue, así fue
Por eso no puede haber más
No más
No más años perdidos por hoy
Más sabio, me conciencié

Bien, nena, esa inmensa tristeza
Oh, hay que soltarla ya toda ella
Oh, sí, oh, sí, Van
Vive el presente
Vive el futuro, Johnny, ¿o no?
Ah, qué triste resulta, sí
Hay que encontrarte algo
Para poder salir adelante
Salir adelante

Aprendí la lección
Ya no lo haré nunca más, no
Ey, Van
Ey, John
Aprendí la lección

I should have a long time ago
That's right
All these wasted years, wasted years
I fi nally woke up and got wise
I ain't gonna be, ain't gonna be no fool no more
Now, Van, now, Van
Ain't gonna be nobody's, 'body's fool no more
Sing the song, Van, sing it with me

Well, all alone, all alone I've been travelling
Travelling all alone through these wasted years
Dark, dark wasted years
So dark here
Dark, dark, dark, dark wasted years
I must have gained something
Oh travelling along the lonely way
Yeah, I've learned a lesson
I'm gonna make damn sure, baby, make damn sure
There's no more wasted years today

Que debí aprender tiempo atrás
Eso es
Todos esos años perdidos, perdidos
Por fin, desperté y despabilé
Ya no voy a hacer más el tonto, ya no
Ey, Van, oye, Van
No me van a torear como a un memo, ya no
Canta la canción, Van, cántala conmigo

Sí, solo, bien solo estuve viajando
Viajando solo por estos años perdidos
Oscuros años perdidos
Tan oscuro
Oscuros, oscuros, años oscuros, perdidos
Algo debí de aprender
Ay, viajando por el solitario camino
Sí, aprendí una lección
Me voy a asegurar como sea, nena, maldita sea
De que no habrá más años perdidos por hoy

NO RELIGION

We didn't know no better and they said it could be worse
Some people thought it was a blessing
Other people think that it's a curse
It's a choice between fact and fiction
And the whole world has gone astray
That's why there's no religion, no religion, no religion here today

And there's no straight answers
Of what this thing called love is all about
Some say it's unconditional
Other people just remain in doubt
When I cleaned up my diction, I had nothing left to say
Except there's no religion, no religion, no religion here today

And they ask what hate is, it's just the other side of love
Some people want to give their enemies
Everything they think that they deserve
Some say, 'Why don't you love your neighbour?
Go ahead and turn the other cheek'
But there's nobody on this planet that can ever be so meek
And I can't bleed for you, you have to do it your own way
And there's no religion, no religion, no religion here today

No religion, no religion, no religion here today

And they ask what hate is, it's the other side of love
Some people want to give their enemies
Everything they think that they deserve
Others say, 'Why don't you love your neighbour?
Go ahead and turn the other cheek'
Have you ever met anybody who'd ever been that meek?
And it's so cruel to expect the Saviour to save the day
And there's no religion, no religion, no religion here today

And there's no mystery and there's nothin' hidden
And there's no religion here today

And there's no mystery and there's nothin hidden
And there's no religion here today

And there's no religion, no religion, no religion here today

NO HAY RELIGIÓN

No sabíamos más y decían que peor podría haber sido
Algunos lo veían como una bendición
Otros como una maldición
Hay que escoger entre la ficción y los hechos
Cuando el mundo entero se ha extraviado
Y por eso no hay religión, no hay religión, hoy ya no hay religión aquí

Ni hay respuestas concretas
Sobre qué es eso llamado amor
Para algunos es absoluto
Y otros no salen de dudas
Cuando pulí mi dicción, no tuve más que decir
Salvo que no hay religión, no hay religión, hoy ya no hay religión aquí

Y preguntan qué es el odio: la otra cara del amor
Algunos darían a sus enemigos
Todo lo que creen merecer
Algunos dicen, «¿Por qué no amas a tu vecino?
Ve y pon la otra mejilla», primo
Pero en este planeta no hay nadie tan dócil
Y yo no puedo sangrar por ti, es algo que te toca a ti
Y no hay religión, no hay religión, hoy ya no hay religión aquí

No hay religión, no hay religión, hoy ya no hay religión aquí

Y preguntan qué es el odio: la otra cara del amor
Algunos darían a sus enemigos
Todo lo que creen merecer
Otros dicen, «¿Por qué no amas a tu vecino?
Ve y pon la otra mejilla», primo
¿Sabes de alguien que sea tan manso?
Y es tan cruel esperar que todo lo arregle el Salvador
Y no hay religión, no hay religión, hoy no hay religión aquí

No hay misterio ni nada escondido
Y hoy no hay religión aquí

No hay misterio ni nada escondido
Y hoy no hay religión aquí

Y no hay religión, no hay religión, hoy no hay religión aquí

SONGWRITER

I'm a songwriter and I know just where I stand
I'm a songwriter, pen and paper in my hand
Get the words on the page
Please don't call me a sage
I'm a songwriter

I'm a songwriter and I do it for a living
I'm a songwriter and I write about men and women
I can write about love and the stars up above
I'm a songwriter

I'm a songwriter and I'm hot on your trail
I'm a songwriter and my cheque's in the mail
I can move with the scene, I can make up a dream
I'm a songwriter

I'm a songwriter, I can do it for certain
I'm a songwriter, even do it when I'm hurtin'
And if it comes to the bit, have to write another hit
I'm a songwriter

I'm a songwriter, I can put it in words
I'm a songwriter and it's not for the birds
I can spin you a yarn, it's as long as my arm
I'm a songwriter

I'm a songwriter
I'm a songwriter

CANTAUTOR

Soy cantautor y conozco mi sitio
Soy cantautor, papel y lápiz en mano
Por favor, no me llamen sabio
Por poner negro sobre blanco
Soy cantautor

Soy cantautor, y lo hago para comer
Escribo del hombre y de la mujer
O de las estrellas y también del amor
Soy cantautor

Soy cantautor y te veo de cerca
Y me llega la paga de cantautor por correo
Soy versátil para idear otros mundos
Soy cantautor

Soy cantautor, lo digo de veras
Soy cantautor, por más que me duela
Y si de eso se trata, seré el más vendedor
Soy cantautor

Soy cantautor, puedo expresarlo en palabras
Soy cantautor, que tiene su aquel
Puedo contarte las historias más largas
Soy cantautor

Soy cantautor
Soy cantautor

DAYS LIKE THIS

When it's not always raining, there'll be days like this
When there's no one complaining, there'll be days like this
When everything falls into place like the flick of a switch
Well, my mama told me, there'll be days like this

When you don't need to worry, there'll be days like this
When no one's in a hurry, there'll be days like this
When you don't get betrayed by that old Judas kiss
Oh my mama told me, there'll be days like this

When you don't need an answer, there'll be days like this
When you don't meet a chancer, there'll be days like this
When all the parts of the puzzle start to look like they fit
Then I must remember, there'll be days like this

When everyone is upfront and they're not playing tricks
When you don't have no freeloaders out to get their kicks
When it's nobody's business the way that you wanna live
I just have to remember, there'll be days like this

When no one steps on my dreams, there'll be days like this
When people understand what I mean, there'll be days like this
When you ring out the changes of how everything is
Well, my mama told me, there'll be days like this

Oh my mama told me, there'll be days like this
Oh my mama told me, there'll be days like this
Oh my mama told me, there'll be days like this

DÍAS ASÍ

Si no llueve siempre, habrá días así
Si nadie se queja, habrá días así
Cuando todo encaja como un mecanismo
Pues sí, mamá me lo dijo, habrá días así

Si no hay de qué preocuparse, habrá días así
Si no hay prisa ninguna, habrá días así
Cuando no te traicionan los besos de Judas
Es que, mamá me lo dijo, habrá días así

Si no precisas respuestas, habrá días así
Si te ahorras a un trepa, habrá días así
Cuando en el rompecabezas encajan las piezas
Es que, acuérdate bien, habrá días así

Si van todos de cara y no te la juegan
Si los mangantes no te la cuelan
Cuando nadie se ocupa de que vivas así
Es que, acuérdate bien, habrá días así

Si no pisan mis sueños, habría días así
Si lo que digo se entiende, habrá días así
Cuando apaño las cosas para que salgan así
Pues sí, mamá me lo dijo, habrá días así

Sí, mamá me lo dijo, habrá días así
Sí, mamá me lo dijo, habrá días así
Sí, mamá me lo dijo, habrá días así

FIRE IN THE BELLY

Call of the wildest, it's got the best of you
I got fire in my heart, fire in my belly too
Got a heart and a mind and a fire inside
And I'm crazy about you
You, you on your high-flying cloud
You, you when you're laughing out loud
You, you with your hidden surprise
You

Stoke up my engine, bring me my driving wheel
Once I get started, you'll know just how I feel
And I'm crazy about you
And I'm crazy about you
And I'm crazy about you
You, you on your high-flying cloud
You, you when you're laughing out loud
You, you with your hidden surprise
You

Gotta get through January
Gotta get through February
Gotta get through January
Gotta get through February
Gotta get through January
Gotta get through February
Gotta get through January

Spring in my heart, fire in my belly too
I come apart, I don't know just what to do
Got a heart and a mind and a fire inside
And I'm crazy about you
You, you on your high-flying cloud
You, you with the laugh in your eyes
You, you with your hidden surprise
You

Gotta get through January
Gotta get through February
Gotta get through January

FUEGO EN LAS TRIPAS

El reclamo salvaje te consume con ganas
Llevo fuego en el corazón y también en las tripas
Tengo corazón y cabeza, fuego dentro de mí
Y estoy loco por ti
Tú y tú, en la nube más ida
Tú y tú, cuando te partes de risa
Tú y tú, siempre tan sorpresiva
Tú

Aviva el motor y tráeme el volante
Una vez que me pongo, sabrás cómo me siento
Que estoy loco por ti
Que estoy loco por ti
Que estoy loco por ti
Tú y tú en la nube más ida
Tú y tú cuando te partes de risa
Tú y tú, siempre tan sorpresiva
Tú

Hay que superar todo enero
Y el mes de febrero
Hay que superar todo enero
Y el mes de febrero
Hay que superar todo enero
Y el mes de febrero
Hay que superar todo enero

Corazón de primavera, y fuego en las tripas
Me vengo abajo, no sé qué hacer
Tengo corazón y cabeza, fuego dentro de mí
Y estoy loco por ti
Tú y tú, en la nube más ida
Tú y tú, cuando te partes de risa
Tú y tú, siempre tan sorpresiva
Tú

Hay que superar todo enero
Y el mes de febrero
Hay que superar todo enero

Gotta get through February
Gotta get through January
Gotta get through February
Gotta get through January

Spring in my heart, fire in my belly too
I come apart, I don't know just what to do
I got a heart and a mind and a fire inside
And I'm crazy about you
You, you on your high-flying cloud
You, you with the laugh in your eyes
You, you with your hidden surprise
You

Talkin' 'bout you
Talkin' 'bout you
Talkin' 'bout you
Talkin' 'bout you
Talkin' 'bout you
Talkin' 'bout you, talkin' 'bout you
Talkin' 'bout you, fire in the belly too

Talkin' 'bout you, talkin' 'bout you
Talkin' 'bout you, talkin' 'bout you
Talkin' 'bout you, talkin' 'bout you
Talkin' 'bout you, talkin' 'bout you
Talkin' 'bout you, talkin' 'bout you
Talkin' 'bout you

Y el mes de febrero
Hay que superar todo enero
Y el mes de febrero
Hay que superar todo enero

Corazón de primavera, y fuego en las tripas
Me vengo abajo, no sé qué hacer
Tengo corazón y cabeza, fuego dentro de mí
Y estoy loco por ti
Tú y tú, en la nube más ida
Tú y tú, cuando te partes de risa
Tú y tú, siempre tan sorpresiva
Tú

Estoy hablando de ti
Estoy hablando de ti
Estoy hablando de ti
Estoy hablando de ti
Estoy hablando de ti
De ti, estoy hablando de ti, estoy hablando de ti
Hablando de ti, con fuego en las tripas

De ti, hablando de ti
De ti, hablando de ti
De ti, hablando de ti
De ti, hablando de ti
De ti, hablando de ti
Hablando de ti

BURNING GROUND

And I take you down to the burning ground
And you change me up and you turn it around
In the wind and rain I'm gonna see you again
In the morning sun and when the day is done
And you take my hand and you walk with me
And sometimes it feels like eternity
And I turn the tide, I get back my pride
And I make you proud when you say it out loud
When I you take you down to the burning ground
To the burning ground, to the burning ground
To the burning ground, to the burning ground

And I take you down by the factory
And I show you like it has to be
And you understand how the work is done
And I pick up the sack in the midday sun
And I pull you through by the skin of your teeth
And I lift the veil to see what's underneath
And you return to me and you sit on your throne
And you make me feel that I'm not alone
And I take you down to the burning ground
To the burning ground, to the burning ground
To the burning ground

Hey, man, who's that you're carrying?

Feels like lead

It weighs a ton – let's see if we can dump it by the side of the hill

Hey, wait up, why don't you dump it on the burning ground?

Dump it down there

Yeah, man, dump the jute

Hey, man, dump the jute on the burning ground

Dump the jute?

QUEMADERO

Te voy a acompañar hasta el quemadero
Y tú me darás la vuelta como un calcetín
Aunque llueva o nieve te voy a ver de nuevo
Y al romper el día y cuando toca a su fin
Y me tomarás de la mano y así caminarás
Algunos momentos saben a eternidad
Cambiaré las cosas, recobraré mi orgullo
Y al gritarlo fuerte sentirás orgullo
Cuando te acompañe al quemadero
El quemadero, el quemadero
El quemadero, el quemadero

Y te llevaré hasta la fábrica
Y te exhibiré como debe ser
Y así entenderás cómo se trabaja
Y cargaré el saco al sol meridiano
Te sacaré de apuros sólo por un pelo
Y para ver debajo apartaré el velo
Y volverás a mí para sentarte en el trono
Y así sentiré que ya no estoy solo
Y te acompañaré hasta el quemadero
El quemadero, el quemadero
El quemadero

Ey, tío, ¿qué andas cargando?

Parece plomo

Pesa un quintal: a ver si lo podemos tirar por la ladera

Oye, espera, ¿por qué no lo tiras al quemadero?

Tíralo allí

Sí, tío, arroja el yute

Ey, tío, tira el yute al quemadero

¿Qué tire el yute?

Yeah, you know, dump the jute

Dump the jute!

On the burning ground
On the burning ground

And you make me think what it's all about
Sometimes I know, gonna work it out
And I watch you run in the crimson sun
Tear my shirt apart, open up my heart
And I watch you run down on your bended knees
By the burnt-out well, can you tell me please?
Between heaven and hell won't you take me down
To the burning ground, to the burning ground
To the burning ground, to the burning ground?

And you fall and pray, when you hear that sound
And we're walking back to the burial mound
And you shake your head and you turn it around
And you see the flames from the burning ground
And you get down on your knees and pray
And I catch my breath as we're running away
And I take the jute and I throw him down
On the burning ground, on the burning ground
On the burning ground, it's on the burning ground

Sí, eso es, tíralo

¡Tira el yute!

Al quemadero
Al quemadero

Y me harás pensar de qué va la cosa
A veces, sí, puede funcionar
Y te veré correr bajo el sol ardiente
Desgarrar la camisa y mi corazón
Y te veré correr doblando las rodillas
Junto al pozo calcinado, ¿me puedes decir
Entre paraíso e infierno, si mi paradero
No es el quemadero, el quemadero
el quemadero, el quemadero?

Cuando oigas el ruido, te desplomarás para rezar
Y vamos a caminar de vuelta al túmulo
Sacudirás la cabeza y la volverás
Y verás las llamas del quemadero
Y te arrodillarás y vas a rezar
Mientras escapamos recobraré el resuello
Y cargaré el yute y lo arrojaré
Al quemadero, al quemadero
Al quemadero, en el quemadero está

SOMETIMES WE CRY

Sometimes we know, sometimes we don't
Sometimes we give, sometimes we won't
Sometimes we're strong, sometimes we're wrong
Sometimes we cry

Sometimes it's bad when the going gets tough
Yet we look in the mirror and we want to give up
Sometimes we don't even think we'll try
Sometimes we cry

Well, we're gonna have to sit down and think it right through
If we're only human what more can we do?
The only thing to do is eat humble pie
Sometimes we cry

'Fore they put me in a jacket and they take me away
I'm not gonna fake it like Johnnie Ray
Sometimes we live, sometimes we die
Sometimes we cry

Sometimes we can't see anything straight
Sometimes everybody is on the make
Sometimes it's lonely on the lost highway
Sometimes we cry, sometimes we cry

Gonna put me in a jacket and take me away
I'm not gonna fake it like Johnnie Ray
Sometimes we live, sometimes we die
Sometimes we cry, sometimes we cry

Sometimes we live, sometimes we die
Sometimes we cry, sometimes we cry

A VECES LLORAMOS

A veces sabemos, a veces no
A veces damos, a veces no
A veces podemos y en otras perdemos
A veces lloramos

Cuando todo se tuerce y se pone crudo
Te miras al espejo y te dices «lo dejo»
Y a veces piensas que no vale el esfuerzo
A veces lloramos

Bien, habrá que sentarse y pensarlo bien
Somos humanos, ¿qué más puedo hacer?
Sólo nos cabe una ración de humildad
A veces lloramos

Antes de que me aten a una camisa y me encierren
No voy a hacer lo que hizo Johnnie Ray
A veces vivimos, a veces morimos
A veces lloramos

A veces es imposible ver las cosas claras
Y llegar a ser, tener, es nuestro único afán
A veces en el camino nos sentimos solos
A veces lloramos, lloramos

Antes de que me aten a una camisa y me encierren
No voy a hacer lo que hizo Johnnie Ray
A veces vivimos, a veces morimos
A veces lloramos, lloramos

A veces vivimos, a veces morimos
A veces lloramos, lloramos

NOT SUPPOSED TO BREAK DOWN

You're not supposed to be human
You're not supposed to really feel
Not supposed to get involved with
Anything completely real
Fifteen families starving
All around the corner block
Here we're standing so alone
Just like Gibraltar Rock

Not supposed to break down
You're not supposed to break down
Swallow the dirt
Keep listening to the hurt
You'll be safe and sound

Supposed to be superhuman
Cover everything
Just like a bird
Cover an egg with its wing
And you know there's nothing sacred
But what is the use?
No point trying to find
What it's worth, what is true

Not supposed to break down
You're not supposed to break down
Swallow the hurt
Listen to the dirt
You'll be safe and sound

You're not supposed to break down
You're not supposed to break down
Swallow the hurt
Listen to the dirt
You'll be safe and sound

A fool and his mainline connection
Bypass going to the well
But that doesn't matter any more

PROHIBIDO DERRUMBARSE

Se pretende que no seamos humanos
Se pretende que no sintamos
Se pretende que no te impliques
Con nada real de verdad
Quince familias muertas de hambre
A la vuelta de la esquina
Y aquí estamos a solas
Como el Peñón de Gibraltar

Derrumbarse no está contemplado
Que te derrumbes no está contemplado
Trágate el sapo
Y a los heridos sigue escuchando
Estarás sano y salvo

Se nos presume sobrehumanos
Cela todo lo que puedas
Como un pájaro
Tapa los huevos con las alas
Y sabes que no hay nada sagrado
¿Qué sentido tiene?
No vale la pena buscar
Lo que es valioso y veraz

Derrumbarse no está contemplado
Que te derrumbes no está contemplado
Te tragas a los heridos
Y escúchate al sapo
Estarás sano y salvo

Que te derrumbes no está contemplado
Que te derrumbes no está contemplado
Te tragas a los heridos
Y escúchate al sapo
Estarás sano y salvo

Un necio y su conexión principal
Se desvían hacia el manantial
Pero eso ya poco importa

I'm sure that we can tell
Who's a puppet on a string
And who really holds the glove
But it ain't up to you and me
It's up to the Lord above

You're not supposed to break down
You're not supposed to break down
Swallow the hurt
Keep on listening to the dirt
And I'll bet you'll be safe and sound

You're not supposed to break down
You're not supposed to break down
Swallow the hurt
Listen to the dirt
I'll bet you'll be safe and sound
And I'll bet you'll be safe and sound
And I'll bet you'll be safe and sound
I'll bet you'll be safe and sound

Y es bien segura la apuesta:
Quién hace de marioneta
Y quién está en la trastienda
Pero no es cosa tuya ni del menda
Es cosa del Señor en los cielos

Que te derrumbes no está contemplado
Que te derrumbes no está contemplado
Te tragas a los heridos
Y sigue escuchándote al sapo
Seguro que estarás sano y salvo

Que te derrumbes no está contemplado
Que te derrumbes no está contemplado
Te tragas a los heridos
Escuchas la tierra
Seguro que estarás sano y salvo
Y seguro que estarás sano y salvo
Y seguro que estarás sano y salvo
Seguro que estarás sano y salvo

MADAME JOY

All the men would turn their head
When she walked down the street
Clothes were fine and hair that shines
Smiling oh so sweet, smiling oh so sweet

Got a taste of old religion
Comes on with the new
In her hair a yellow ribbon
And she's decked out all in blue
Oh yes in, decked out all in blue

Steppin' lightly, steppin' brightly
With her books in hand
Going to the university to teach and
Help them understand
And help them understand

And all the kids would love to see her
Follow in her steps
And tell her stories and adore her
Climb in through the fence
Climb in through the fence

Here she comes walking
Here she comes talking
I do believe it's Madame Joy
Walking past that old street corner
And she's looking for her boy
Oh yes she is, looking for her boy

Steppin' lightly, steppin' brightly
With her books in hand
Going to the university to teach and
Help them understand
Help them understand

I was looking at the way she moved me
And I was seeing every sign
Tell me, can I learn the language?

MADAME JOY

Todos los hombres volvían la cabeza
Cuando ella caminaba por la calle
Toda elegante con su pelo brillante
Y aquella dulce sonrisa, oh, su dulce sonrisa

Un dejo de religión añeja
Se acopla con todo lo nuevo
Una cinta amarilla en el pelo
Y vestida de azul toda ella
Ay, sí, vestida de azul toda ella

A pasos livianos y vivos
Con sus libros en la mano
A la universidad acude a enseñar
Y ayudarles a comprender
Ayudarles a asimilar

Todos los chavales adoraban verla
Y la seguían de cerca
Y le contaban sus cosas rendidos
Colándose por la verja
Colándose por la verja

Ahí viene ella marchando
Ahí viene hablando
Diría que es madame Joy
Que dobla por la vieja tienda en la esquina
Y anda buscando a su chico
Oh, sí, anda buscando a su chico

A pasos livianos y vivos
Con sus libros en la mano
A la universidad acude a enseñar
Y ayudarles a comprender
Ayudarles a asimilar

Yo observaba cómo me consternaba
Y detectaba cada señal
Dime, ¿puedo aprender el idioma?

Have you got the mind?
Have you got the mind?

Here she comes walking
Here she comes talking
I do believe it's Madame Joy
She's walking by that old street corner
And she's looking for her boy
Looking for her boy

And all the men would turn their head
When she walked down the street
Clothes refined and hair that shines
And smiling oh so sweet, oh yes, she's smiling oh so sweet
Smiling, smiling oh so sweet
Smiling, smiling oh so sweet

And all the men would
And all the men would turn their head around
When that woman walked down the street
When that woman walked down the street
When that, when that woman walked
When that woman walked, when that woman walked
When that woman walked, when that woman walked
When that woman walked, what she wore
When that woman, when that woman, when that woman
When that woman, when that woman, when that woman
When that woman, when that woman, when that woman
When that woman, when that woman walked
She just walked
Just kept on walking down the street
When she walked, when she walked down
When she walked on down

¿Te ves capaz?
¿Te ves capaz?

Ahí viene ella marchando
Ahí viene hablando
Diría que es madame Joy
Que dobla por la vieja tienda en la esquina
Y anda buscando a su chico
Oh, sí, anda buscando a su chico

Y todos los hombres volvían la cabeza
Cuando ella caminaba por la calle
Bien elegante con su pelo brillante
Y aquella dulce sonrisa, oh, su dulce sonrisa, sí, qué dulce sonrisa
Con su sonrisa, su dulce sonrisa
Con su sonrisa, su dulce sonrisa

Y todos los hombres volvían
Todos los hombres volvían bien la cabeza
Cuando aquella mujer caminaba calle abajo
Cuando aquella mujer caminaba calle abajo
Cuando aquella, cuando aquella mujer caminaba
Cuando aquella mujer caminaba, aquella mujer caminaba
Cuando aquella mujer caminaba, aquella mujer caminaba
Cuando aquella mujer caminaba, y lo que vestía
Cuando aquella mujer, cuando aquella mujer, aquella mujer
Cuando aquella mujer, cuando aquella mujer, aquella mujer
Cuando aquella mujer, cuando aquella mujer, aquella mujer
Cuando aquella mujer, aquella mujer caminaba
Nada más caminaba
Marcaba su paso en la calle
Cuando caminaba, cuando se encaminaba
Por la calle se encaminaba

NAKED IN THE JUNGLE

Naked in the jungle, naked to the world
Naked in the jungle, naked to the world
Well, you gotta keep it humble, else it'll come unfurled

Lions and the tigers, grazin' in the grass
Lions and the tigers, grazin' in the grass
There's a keeper watching over, make sure no one gets past

Speak out, speak out, speak out, speak out
Speak out, speak out, speak out, speak out
Speak out, speak out, speak out, speak out
Speak out, speak out, speak out, speak out

Big fish eat the little fish and the rabbit's on the run
Big fish eat the little fish and the rabbit's on the run
Some folks gettin' too much, others just ain't gettin' none

Naked in the jungle, naked to the world
Naked in the jungle, naked to the world
Well you gotta keep it humble, else it'll come unfurled

Let's go, boy
Speak out, speak out, speak out, speak out
Speak out, speak out, speak out, speak out
Speak out, speak out, speak out, speak out
Speak out, speak out, speak out, speak out

DESNUDO EN LA JUNGLA

Desnudo en la jungla, desnudo ante el mundo
Desnudo en la jungla, desnudo ante el mundo
Mejor no cuentes nada, que se entera todo el mundo

Leones y tigres paciendo en la hierba
Leones y tigres paciendo en la hierba
Hay un guarda vigilando que nadie pise la hierba

Dilo, dilo, dilo, dilo
Dilo, dilo, dilo, dilo
Dilo, dilo, dilo, dilo
Dilo, dilo, dilo, dilo

El pez grande se come al chico y el conejo se largó
El pez grande se come al chico y el conejo se largó
Los hay que lo tienen todo y otros ni perra gorda

Desnudo en la jungla, desnudo ante el mundo
Desnudo en la jungla, desnudo ante el mundo
Mejor no cuentes nada, que se entera todo el mundo

Vamos ya, chaval
Dilo, dilo, dilo, dilo
Dilo, dilo, dilo, dilo
Dilo, dilo, dilo, dilo
Dilo, dilo, dilo, dilo

THE STREET ONLY KNEW YOUR NAME

Your street, rich street or poor
You should always be sure of your street
There's a place in your heart, when you know from the start
And you can't be complete without a street

Keep movin' on, just like a train
Sometimes you gotta look back to the street again
Would you prefer all those castles in Spain
Or a view of the street from your windowpane?

When you were young, so young
So very, very young
When you were young, so young
So very, very, very young
And the street only knew your name
And the street only knew your name
And the street only knew your name, oh your precious name,
    precious name

There was Walter and John, Katie and Ron
They all hung around the corner lamplight
Get together, sing some songs
Like 'Boppin' the Blues'
'You Make Me Feel Alright'

That was long before fortune and fame
No such thing as a star when you played that game
Everyone knew who everyone was
There was no pretence in the street, no, no

When you were young, so young
So very, very, very, very young
When you were young, so young
So very, very, very young
And the street only knew your name
And the street only knew your name
And the street only knew your name, oh your name, your
    precious name

LA CALLE SÓLO CONOCÍA TU NOMBRE

Tu calle, pobre que sea o rica
Debes saber que te aguarda siempre
Hay un lugar en tu corazón, que resulta familiar
Y sin calle no eres nadie

Como una locomotora, sigue adelante
A veces hay que volver la vista atrás, a la calle
¿Prefieres todos los castillos de España
O ver la calle desde tu ventana?

Cuando eras joven, tan joven
Tan, tan joven
Cuando eras joven, tan joven
Tan y tan joven
Y la calle sólo conocía tu nombre
Y la calle sólo conocía tu nombre
Y la calle sólo conocía tu nombre, tu precioso nombre
    precioso

Estaban Walter y John, Katie y Ron
En la esquina junto al farol
Se juntaban a cantar alguna canción
Como «Boppin' the Blues»
«You Make Me Feel Alright»

Fue mucho antes que la fama y el estrellato
No eras una estrella cuando jugabas a aquel juego
Y nos conocíamos todos
No había impostura en la calle, no, no

Cuando eras joven, tan joven
Tan, tan y tan joven
Cuando eras joven, tan joven
Tan y tan joven
Y la calle sólo conocía tu nombre
Y la calle sólo conocía tu nombre
Y la calle sólo conocía tu nombre, tu precioso nombre
    precioso

And you walked around in the heart of town
Listening for that sound
And you walked around in the heart of town
Listening for that sound
'Blue Suede Shoes', it was the 'Blue Suede Shoes'

When you were young, so young
So very, very, very, very young
When you were young, so young
Very, very, very young
And the street only knew your name
And the street only knew your name
And the street only knew your name
Talking 'bout the street now, baby

We were singing 'Be-Bop-A-Lula'
We were singing 'Blue Suede Shoes'
We were singing 'Good Golly Miss Molly'
We were singing 'Tutti Frutti'
We were singing 'What'd I Say'
We were singing 'Boppin' the Blues' and 'Who Slapped John?'
When the street only knew your name
Talkin' about a funky street now, baby

And the street only knew your name

Y te paseabas por el centro de Belfast
Atento al sonido de la ciudad
Y te paseabas por el centro de Belfast
Atento al sonido de la ciudad
«Blue Suede Shoes», era «Blues Suede Shoes»

Cuando eras joven, tan joven
Tan, tan y tan joven
Cuando eras joven, tan joven
Tan y tan joven
Y la calle sólo conocía tu nombre
Y la calle sólo conocía tu nombre
Y la calle sólo conocía tu nombre
Hablando de la calle, nena, por cierto

Cantábamos «Be-Bop-A-Lula»
Cantábamos «Blue Suede Shoes»
Cantábamos «Good Golly Miss Molly»
Cantábamos «Tutti Frutti»
Cantábamos «What'd I Say»
Cantábamos «Boppin the Blues» y «Who Slapped John?»
Cuando la calle sólo conocía tu nombre
Nena, era una calle de lo más movidita

Y la calle sólo conocía tu nombre

SHOW BUSINESS

Say you wanna be in show business
See the man on the TV with a phoney smile
Bring you up, bring you down
He can turn your head around
In show business, show business

See the man on a silver screen
With the phoney smile
Bring you up, bring you down
He can turn your head around
Show business, show business

Have a hit, maybe two
Make mincemeat out of you
Come back in two years' time
Lay your heart right on the line
In show business, show business
Show business, show business

Where's the next one, where's the next one?
Where's the next one?
Oh baby, just like the last one
Like the last one

Say you wanna be in show business
See the man in the suit
With the phoney smile
He can laugh, he can cry
He can make you reach the sky
He can say anything you wanna hear
Be anything you wanna be
He can say anything you want to hear
Be anything you want him to be
Make you leave your family
In show business, in show business

Take it to the bridge
And the next one and the next one
And the next one

LA FARÁNDULA

Hablas de meterte en la farándula
Ver al hombre de la tele y su sonrisa fatua
Que te encumbra, te degrada
Y luego se te come cruda
Es la farándula, la farándula

Ver al hombre en la pantalla de plata
Con su sonrisa fatua
Te encumbra, te degrada
Y luego se te come cruda
La farándula, la farándula

Con un éxito, quizá dos
Ya te deja en los huesos
Vuelve en un año o dos
Y entrega tu corazón
A la farándula, a la farándula
La farándula, la farándula

¿Y dónde está el próximo?
¿Dónde está?
Ah, nena, como el anterior
Igualito que el anterior

Hablas de meterte en la farándula
Y ver al hombre trajeado
Que te sonríe taimado
Él puede reír y llorar
Llevarte al no va más
Decirte lo que prefieres oír
Ser todo lo que puedas sentir
Decirte lo que prefieres oír
Ser todo lo que él tiene a bien
Y dejar a la familia atrás
En la farándula, la farándula

Pasa a la fase siguiente
A la otra y otra más
Hasta la próxima

Can you do it like the last one?
Now do it just like the last one, please
Like the last one, like the last one
Just like the last one

Say you wanna be in show business
Have a pretty face and a pretty smile
I'm thinking
Make you laugh and they can make you cry
But they can't wait, wipe the teardrops from your eye
In show business, show business

Say you wanna be in show business
See the rock star up on the stage
Right now
Behind them drugs, behind them booze
Behind them people he can use
Behind them people usin' them
Behind them people usin' us
And the next one and the next one
And the next one
Can you make it just like the last one?
Oh you make it just like the last one
Like the last one
Just like the last one

Say you wanna be in show business
All the world is a stage
Everybody must play their part
I've been so long in show business
I feel right now just like I got myself a start
Forget the junk, forget the jive
I just want to stay alive
In show business, in show business

Take it to the bridge
And the next one and the next one
And the next one
Oh just like the last one, just like the last one
Like the last one

¿Puedes conseguirlo otra vez más?
Hazlo como la anterior, igualito, por favor
Como la anterior, la anterior
Igualito que la anterior

Dices que te va la farándula
Estar siempre mona, sonriente
Atiende
Igual que te ríes, pueden hacerte llorar
Y seca tus lágrimas, ellos no van a esperar
En la farándula, la farándula

Hablas de meterte en la farándula
Compartir tablas con estrellas del rock
Ya mismo
Más allá del alcohol y las drogas
Más allá de la gente a manipular
Más allá de la gente que se droga
Más allá de la gente que manipula
Y la siguiente y la próxima
Y otra más
¿Puedes conseguirlo otra vez más?
Venga, igualita que la anterior
Como la anterior
Igualita que la anterior

Hablas de meterte en la farándula
Los escenarios son el mundo
Y todos deben jugar su rol
Yo llevo tanto en el rocanrol
Que lo siento como otra oportunidad
Olvida toda esa basura mendaz
Yo sólo quiero respirar
En la farándula, en la farándula

Pasa a la fase siguiente
A la otra y otra más
Hasta la próxima
Venga, igualita que la anterior, igualita
Como la anterior

Can I rob you with a fountain pen?
But you got to find some honest men
They can make you leave your home
Where you go to waste and roam
Control your fate, control your life
They can make you leave your wife
It's show business, it's show business

Take it to the bridge
And the next one and the next one
And the next one
Oh just like the last one
Can you make it
Like the last one?
Can you give it one more time
Like the last one?
Can you put it out like the last one?
Show business, it's show business
It's show business, show business
It's show business, show business
It's show business, show business

¿Con una estilográfica te podría atracar?
Encomiéndate a hombres honestos
Con los que abandonar el hogar
Donde se pudre uno; y saldrás a rondar
Controlarán tu destino y tu vida
Y escogerán por ti hasta la novia
Es la farándula y la movida

Pasa a la fase siguiente
A la otra y otra más
Hasta la próxima
Venga, igualita que la anterior
¿Puedes conseguirlo
Como la anterior?
¿Puedes darlo todo y más
Como la anterior?
¿Puedes apañar otra más?
Farándula, es la farándula
Es la farándula, la farándula
Es la farándula, la farándula
Es la farándula, la farándula

PHILOSOPHER'S STONE

Out on the highways and the byways all alone
I'm still searching for, searching for my home
Up in the morning, up in the morning out on the road
And my head is aching and my hands are cold
And I'm looking for the silver lining, silver lining in the clouds
And I'm searching for
And I'm searching for the philosopher's stone

And it's a hard road, it's a hard road, daddy-o
When my job is turning lead into gold
He was born in the backstreet, born in the backstreet Jelly Roll
I'm on the road again and I'm searching for
The philosopher's stone
Can you hear that engine?
Oh can you hear that engine drone?
Well, I'm on the road again and I'm searching for
Searching for the philosopher's stone

Up in the morning, up in the morning
When the streets are white with snow
It's a hard road, it's a hard road, daddy-o
Up in the morning, up in the morning
Out on the job
Well, you've got me searching for
Searching for, the philosopher's stone
Even my best friends, even my best friends they don't know
That my job is turning lead into gold
When you hear that engine, when you hear that engine drone
I'm on the road again and I'm searching for the philosopher's stone

It's a hard road, even my best friends they don't know
And I'm searching for, searching for the philosopher's stone

LA PIEDRA FILOSOFAL

Sólo por caminos y atajos
Sigo buscando, buscando mi hogar
De buena mañana, ya he salido a rondar
Tengo frías las manos, me duele la cabeza
Y busco una botella que esté medio llena
Y ando detrás
Detrás de la piedra filosofal

Y la cuesta es muy dura, es dura, chaval
Si el tajo consiste en convertir plomo en oro
En un callejón nació Jelly Roll, en un callejón
Yo estoy de nuevo en camino y ando detrás
De la piedra filosofal
¿Puedes oír el motor?
¿Cómo zumba el motor?
Estoy de nuevo en camino y ando detrás
Detrás de la piedra filosofal

De mañana, de buena mañana
Con las calles de nieve tan blancas
Es dura la cuesta, es dura, chaval
De mañana, de buena mañana
Ya listo a formar
Me ves buscando, ando detrás
De la piedra filosofal
Mis mejores amigos no están al loro
Que el tajo va de convertir plomo en oro
Cuando oigas ese motor, cuando lo oigas zumbar
Estoy de camino otra vez, tras la piedra filosofal

Es dura la cuesta, ni siquiera los amigos mejores
Saben que busco, yo busco la piedra filosofal

HIGH SUMMER

By the mansion on the hillside
A red sports car comes driving down the road
And pulls up into the driveway
And the story does unfold

She's standing by the rhododendrons
Where the roses are in bloom
Looking out at the Atlantic Ocean
And in her head she hums this tune

Thank God the dark nights are drawing in again
'Cause high summer has got me down
Have to wait till the end of August
And to get off this merry-go-round

And they shut him out of paradise
Called him Lucifer and frowned
'Cause he took pride in what God made him
Even before the angels shot him down to the ground

He's a light out of the darkness
And he wears a starry crown
If you see him, nothin's shakin'
'Cause high summer has got him low down

High summer's got him lonesome
Even when he makes the rounds
There's been no two ways about it
High summer's got him low down

Checked into the tiny village by the lakeside
Settled down to start anew
Far away from the politicians
And the many chosen few

Far away from the jealousy factor
And everything that was tearing him apart
Far away from the organ grinder
And everyone that played their part

CANÍCULA

Un deportivo rojo va por la carretera
Y tuerce en el acceso
De la mansión en la ladera
Así comienza este cuento

Ella anda entre las azaleas
Por donde las rosas florecen
Y mira al Atlántico océano
Y en su cabeza canturrea

A Dios gracias que vuelven las noches oscuras
Porque la canícula me tenía frito
Hasta final de agosto esperé
Para salirme de aquel tiovivo

Y lo echaron del paraíso
Ceñudos, le llamaron Lucifer
Antes de que los ángeles lo derribaran
Como obra de Dios se jactaba

Es una luz en la oscuridad
Y lleva una corona de estrellas
Si lo ves, no pierdas la calma
Que la canícula le dejó en nada

Le embargó una soledad estival
E incluso al salir de paseo
No había más, era un reo
De la canícula y su festival

Fue a una aldea junto al lago
Y se asentó para comenzar de nuevo
Lejos del politiqueo
Y de los tantos escogidos

Lejos de tantos celos
Y de tantos perjudiciales factores
Lejos del titiritero
Y de su asignación de roles

And they shut him out of paradise
Called him Lucifer and frowned
'Cause he took pride in what God made him
Even before the angels shot him to the ground

He's a light out of the darkness
And he wears a starry crown
If you see him nothin's shakin'
High summer's got him low down

High summer's on the rebound
High summer's got him low down
High summer's on the rebound
High summer's got him low down
High summer's on the rebound
High summer's got him low down
Low down

Y lo echaron del paraíso
Ceñudos, le llamaron Lucifer
Antes de que los ángeles lo derribaran
Como obra de Dios se jactaba

Es una luz en la oscuridad
Y lleva una corona de estrellas
Si lo ves, no pierdas la calma
Que la canícula le dejó en nada

La canícula y sus secuelas
Le dejó en nada
La canícula y sus secuelas
Le dejó en nada
La canícula y sus secuelas
Le dejó en nada
Nada

CHOPPIN' WOOD

You wired the trains and went back home to St Clair Shores
Before you became a spark down at the yard
You were passing through those hungry years alone
You were just trying to make a living out in Detroit

When you came back off the boats you didn't want to go anywhere
You sit down to TV in your favourite chair
You watched the big picture fade away down at Harland and Wolff
But you still kept on choppin' wood

And you came back home to Belfast
So you could be with us like
You lived a life of quiet desperation on the side
Going to the shipyard in the morning on your bike

Well, the spark was gone but you carried on
You always did the best you could
You sent for us once but everything fell through
But you still kept on choppin' wood, choppin' wood

Well, you came back home to Belfast
So you could be with us like
And you lived a life of quiet desperation on the side
Going to the shipyard in the morning on your bike

Well, the spark was gone but you carried on
Well, you did just the best that you could
You sent for us one time but everything fell through
But you still kept on choppin' wood

Kept on choppin' wood
Kept on choppin' wood
Local man chops wood
You know you did the best you could

Well, everything just fell through
Kept on choppin' wood
Chop, chop, chop, chop, chop
Chop, chop, chop, chop, chop
Chop, chop, chop, keep on choppin'
Chop, chop, chop, choppin' wood

A DESTAJO

Hacías mantenimiento en los trenes, y volvías al suburbio
Antes que electricista en el astillero
Pasaste solo aquellos años hambrientos
Cuando tratabas de ganarte la vida en Detroit

Y al dejar tus barcos ya te quedabas en casa
Sentado ante la tele en tu mejor butaca
Mientras se iban tus años mejores en Harland & Wolff
Donde te dejabas piel y sudor

Volviste a Belfast, tu hogar
De algún modo, para estar en familia
Vivías aparte una desolación sorda
Acudiendo al astillero de mañana en la bici

Y se apagó la chispa pero seguiste en la brecha
Siempre diste tanto como pudiste
Nos mandaste a buscar una vez pero no salió bien
Aunque te dejaras la piel, te dejaras la piel

Volviste a Belfast, tu hogar
De algún modo, para estar en familia
Vivías aparte una desolación sorda
Acudiendo al astillero de mañana en la bici

Y se apagó la chispa pero seguiste en la brecha
Siempre diste tanto como pudiste
Nos mandaste a buscar una vez pero no salió bien
Aunque te dejaras la piel, te dejaras la piel

Currando a destajo
Currando a destajo
El tipo curra a destajo
Lo mejor que sabías

Todo se vino abajo
Currando a destajo
En el tajo a destajo, en el tajo
En el tajo a destajo, en el tajo
En el tajo a destajo, en el tajo
En el tajo a destajo, en el tajo

WHAT MAKES THE IRISH HEART BEAT

All that trouble, all that grief
That's why I had to leave
Staying away too long is in defeat
Why I'm singing this song
When I'm heading back home
That's what makes the Irish heart beat

I'm just like a hobo riding a train
I'm like a gangster living in Spain
Have to watch my back and I'm running out of time
Well, I'll roll the dice again
If Lady Luck will call my name
That's what makes the Irish heart beat

Well, that's what makes it beat
When I'm standing on the street
And I'm standing underneath this Wrigley's sign
Oh so far away from home
But I know I've got to roam
That's what makes the Irish heart beat

And it was off to foreign climes
On the Piccadilly line
We were standing underneath the Wrigley's sign
So far away from home
Well, I know I've got to roam
That's what makes the Irish heart beat

Just like a sailor out on the foam
Any port in a storm
When we tend to burn the candle at both ends
Down the corridors of fame
Like the spark ignites the flame
That's what makes the Irish heart beat

But I'll roll the dice again
If Lady Luck will call my name
That's what makes the Irish heart beat
Oh that's what makes the Irish heart beat
That's what makes the Irish heart beat

POR ESO LATE EL CORAZÓN IRLANDÉS

Tanto dolor y tanto sufrir
Así tuve que partir
Alejarse tanto ya es un gran revés
El motivo por el que canto
Cuando voy de vuelta al hogar
El corazón irlandés late por eso

Soy como un vagabundo en un tren
Como un mafioso que vive en España
Debo vigilar y el tiempo me evade
Tiraré de nuevo los dados
Y que me favorezcan los hados
El corazón irlandés late por eso

Sí, eso lo hace latir
Cuando estoy por la calle
Bajo el rótulo de Wrigley
Ay, tan lejos del hogar
Ya sé que me tocará deambular
El corazón irlandés late por eso

Allá en climas remotos
En la línea de Piccadilly
Estábamos bajo el rótulo de Wrigley
Tan lejos del hogar
Ya sé que me tocará deambular
Y a palpitar mi corazón irlandés

Como un marinero entre las olas
Un puerto bajo la tempestad
Cuando lo jugamos todo a una carta
Por los pasillos de la fama
Como la chispa prende una llama
El corazón irlandés late por eso

Tiraré de nuevo los dados
Y que me favorezcan los hados
Por eso late el corazón irlandés
Ah, por eso late el corazón irlandés
El corazón irlandés late por eso

WHAT'S WRONG WITH THIS PICTURE?

What's wrong with this picture?
There's something I'm not seeing here
What's wrong with this picture?
Something's not exactly clear

What's wrong with this picture?
Does it look like it's just another sting, sting?
'Cause it don't mean a thing
If it ain't got that swing and ring a ding ding

What's wrong with this picture?
Doesn't anybody see
That's who everyone thought
That I used to be?

What's wrong with this picture?
It's only just hanging on a wall
So you can go right back to sleep
And just forget about it all, because

I'm not that person any more
I'm living in the present time
Baby, don't you understand
I've left all that jive behind

You can't believe what you read in the papers
Or half the news that's on TV
Or the gossip of the neighbours
Or anyone who doesn't want you to be free

I'm not that person any more
I'm always living in the present time
Don't you understand?
I left all that jive behind

What's wrong with this picture?
It's only hanging on the wall
Why don't we take it down and
Just forget about it 'cause that ain't me at all?

¿QUÉ LE PASA A ESTA FOTO?

¿Qué le pasa a esa foto?
Como que algo me falta
¿Qué le pasa a esa foto?
Hay algo borroso

¿Qué le pasa a esa foto?
Es que parece otra estafa
Como que no pinta nada
Sin su rollito molón

¿Qué le pasa a esa foto?
¿O es que nadie ve
Que ése es quien todos creímos
Que yo era?

¿Qué le pasa a esa foto?
Sólo cuelga de la pared
Vuélvete a la cama
Y olvídate de lo demás

Yo no sigo siendo aquél
Vivo en el tiempo presente
Nena, no lo comprendes
Aquella mandanga ya la dejé

No puedes creer lo que lees en la prensa
Ni lo que la tele cuenta
Ni el cotilleo callejero
Ni a quien te prefiere ver reo

Yo no sigo siendo aquél
Siempre vivo el presente
¿No lo comprendes?
Aquella mandanga ya la dejé

¿Qué le pasa a esa foto?
Sólo cuelga de la pared
¿La quitamos y
fuera rollos, porque yo no soy aquél?

SOMERSET

We met deep down in Somerset
A time I can't forget
When we were sippin' cider in the shade

Oh the sun was setting in the west
You looked your very best that night
Stars were shining in your eyes

And we walked, walked all along the sand
And it felt, felt like a wonderland

And when the summer breeze was gone
The memory lingered on
You and me down in Somerset

Oh we walked, walked and walked and walked all along the sand
And it felt just like our love just began

And when the summer breeze was gone
The memory lingered on, me and you
When the summer set

We met, we met, we met deep down in Somerset
A time I can't forget
You were sippin' cider in the shade

SOMERSET

Nos vimos allá en Somerset
Una ocasión que no olvidaré
Cuando sorbíamos sidra a la sombra

Y el sol se ponía al oeste
Lucías tus mejores galas de noche
Y en tus ojos había un brillo de estrellas

Y por la playa salimos de paseo
Todo, todo me sabía a ensueño

Y al cesar la brisa estival
El recuerdo no dejó de soplar
De los dos allí en Somerset

Ah, no dejamos de caminar y caminar por la playa
Y fue como si nuestro amor comenzara

Y al cesar la brisa estival
El recuerdo no dejó de soplar
De los dos, cuando el verano nos iba a dejar

Nos vimos, nos vimos allá en Somerset
Una ocasión que no olvidaré
Bebías la sidra a la sombra

MEANING OF LONELINESS

Lost in a strange city, nowhere to turn
Far cry from the streets that I came from
It can get lonely when you're travelling hard
But you can even be lonely standing in your own backyard

Nobody knows the existential dread
Of the things that go on inside someone else's head
Whether it be trivial or something that Dante said
But, baby, nobody knows the meaning of loneliness

No matter how well you know someone you can only ever guess
How can you ever really know somebody else?
It takes more than a lifetime just to get to know yourself
Nobody knows the meaning of loneliness

I have to say a word about solitude
For the soul it, sometimes they say, can be good
And I'm partial to it myself, well, I must confess
Nobody knows the meaning of loneliness

Well, there's Sartre and Camus, Nietzsche and Hesse
If you dig deep enough you gonna end up in distress
And no one escapes having to live life under duress
And no one escapes the meaning of loneliness

Well, they say keep it simple when it gets to be a mess
And fame and fortune never brought anyone happiness
I must be lucky, some of my friends think that I'm really blessed
Nobody knows the meaning of loneliness

No, no, no, no, no, no, nobody knows the meaning of loneliness
No, no, no, no, nobody knows the meaning of loneliness
Nobody knows the meaning of loneliness

EL SIGNIFICADO DE LA SOLEDAD

Perdido en una ciudad extraña, no tengo adónde ir
A años luz de las calles en que crecí
Te acabas sintiendo solo si viajas sin parar
Pero en el patio de casa puedes sentirte igual

Nadie conoce el pavor existencial
De todo lo que pasa en una cabeza ajena
Puede ser banal o de elaboración dantesca
Pero nadie conoce, nena, el significado de la soledad

Sólo puedes intuir a alguien que crees conocer
¿Cómo podrías conocer a alguien de verdad?
Si conocerte a ti mismo lleva una vida entera
Nadie conoce el significado de la soledad

Y sobre la soledad debemos decir
Que a veces quizá sienta bien al alma
Yo lo suscribo, debo confesar
Nadie conoce el significado de la soledad

Ahí están Nietzsche y Hesse, Sartre y Camus
Si hurgas a fondo te embargará la angustia
No se libra nadie, la vida es dura
Y a todos afecta el significado de la soledad

Se dice no la líes antes que sea un caos
Que fama y fortuna no te harán dichoso
Menuda suerte la mía, creen los amigos
Nadie conoce el significado de la soledad

No, no, no, no, no, no, nadie conoce el significado de la soledad
No, no, no, no, nadie conoce el significado de la soledad
Nadie conoce el significado de la soledad

STRANDED

I'm stranded at the edge of the world
It's a world I don't know
Got nowhere to go
Feels like I'm stranded

And I'm stranded between that ol' devil and the deep blue sea
Ain't nobody's gonna tell me
Tell me what, what time it is

Every day, every day, it's hustle, hustle time, hustle time
Every day and every way, one more, one more mountain to climb

It's leaving me stranded in my own little island
With my eyes open wide
But I'm feeling stranded

Every, every, every day, it's hustle time
Every way, one more mountain to climb

I'm stranded between the devil and the deep blue sea
There ain't nowhere else to be
'Cept right here and I'm stranded

VARADO

Estoy varado en el fin del mundo
Es un mundo que ignoro
Ni tengo adónde ir
Se diría que estoy varado

Estoy varado entre la espada y la pared
Y nadie me va a decir
Decirme qué, qué hora es

Cada día a cada rato es hora punta, un ajetreo
Cada día y como sea, escalemos otro cerro

Me estoy quedando en mi islita varado
Con los ojos bien abiertos
Pero me veo encallado

Cada día a cada rato es un ajetreo
Como sea, hay que escalar otro cerro

Estoy varado entre la espada y la pared
No hay otro lugar en que estar
Salvo aquí, estando varado

PAY THE DEVIL

One man's meat is another man's poison
One man's gain can be another man's loss
I'm travelling down the lonely highway
'Cause a rolling stone don't gather no moss

Once I thought I could live the kind of life I wanted
But the wayward wind made me restless and a fool of me
'Cause I thought I could settle for the nine-to-five life
Well, I guess it just was never meant to be

Now people talk and they speculate about what other people would do
But they can't put themselves within my shoes
It used to be my life, now it's become my story
I'm heading down this highway with those blues

Well, I'd love to see the sun setting on the riverside
Just to go back home and I want to settle down
Well, I have to pay the devil for my music
Why I have to keep on with this roaming around?

Have to pay the devil for my music
Keep on rolling from town to town
Have to pay the devil for to play my music
Keep on rolling from town to town

DEUDA PAGADA

La que para ti es carne para otro es veneno
Lo que tú ganaste otro lo perdió
Por la carretera viajo solo
Porque canto que rueda no cría moho

Pensaba poder vivir la vida que quise
Pero el viento zumbón me volvió un majadero
Y pensé que me iría un horario de oficina
Estaba claro que eso no me iba

La gente habla y especula sobre lo que harán los otros
Pero nadie puede ponerse en mi piel
Acabó en una historia lo que era mi vida
Sigo en la carretera con la misma canción

Me encantaría ver el sol ponerse en la orilla
Regresar a casa, sentar la cabeza
Pero debo pagar una deuda por la música
¿Por qué hay que seguir dando tantas vueltas?

Debo pagar una deuda por la música
Seguir deambulando de ciudad en ciudad
Debo pagar una deuda por la música
Y seguir deambulando de ciudad en ciudad

THIS HAS GOT TO STOP

I've given you my heart and my soul
I've given you more than you'll ever know
I've given you just about everything I can
Can't you see that I'm just only one man?

I took you out to the picture show
Then I took you walkin' outdoors
I walked you up and down the block
Then I warned you, 'Baby, this has got to stop'

This has got to stop, you're way over the top
Pack my things and walk, we can't even talk
This has got to stop, I just had enough
I'm gonna call your bluff, walk you one more lap

And I watched you watching me as I watched you walk away from me
And I went off to that far country
I took a plane out to that Newfoundland
When you said to me that you didn't understand

This has got to stop, you're way over the top
I'm gonna pack my things and walk, we don't even talk
This has got to stop, baby, I just had enough
I'm gonna call your bluff, walk me one more lap

Well, I came back home and I burnt our house down
I watched it crumble to the ground
Oh it caved in like a piece of balsa wood
I turned to you and said, 'Baby, this is just no good'

And I worked and I tried to build it all back up again
The day you told me that you had really changed
Then you knocked down all my castles in the sand
Then I said, 'Baby, I know now just where we stand'

This has got to stop, you're way over the top
Pack my bags and walk, we don't even talk
This has got to stop, I've just had enough
I'm gonna call your bluff, this has got to stop

ESTO DEBE PARAR

Te di mi corazón y mi alma
Te di más de lo que nunca sabré
Te di casi todo lo que pude
Sólo soy un hombre, ¿no ves?

Te llevé conmigo al cine
Te llevé de paseo al campo
Te acompañé por el barrio
Y te advertí, luego: «Nena, esto debe parar»

Esto debe parar, te estás pasando ya
Ni podemos hablar, voy a empacar
Me voy, estoy harto, debe parar
Sólo daremos otra vuelta más

Y te miré que mirabas cómo miraba que te ibas
Y yo me fugué a tierras remotas
Tomé un avión a Terranova
Cuando me dijiste que no lo entendías

Esto debe parar, te estás pasando ya
Ni podemos hablar, voy a empacar
Me voy, estoy harto, debe parar
Sólo me darás otra vuelta más

Nada, volví a casa y le prendí fuego
La miré caerse a pedazos
Se derrumbó como virutas de madera
Me volví y dije: «Esto no va, nena»

Y me afané y traté de construirla otra vez
Cuando me dijiste que eras otra de verdad
Entonces derribaste mis castillos de arena
Y dije: «Ya sé pues de qué va, nena»

Esto debe parar, te estás pasando ya
Ni podemos hablar, voy a empacar
Esto debe parar, basta ya
Ya te veo venir, esto debe parar

This has got to stop
Stop, stop, I've had enough
I'm gonna call your bluff
Stop, stop, stop
This has got to stop

Esto debe parar,
Estoy harto, basta, basta
Ya te veo venir
Basta, basta, basta
Esto debe parar

END OF THE LAND

When too many demands have destroyed all my plans
Going down to the end of the land
If I have to drive all night just to feel alright
Going down to the end of the land

When it gets out of hand and I fail to agree
Just what's in it for me?
Going down to the sea

Then I've got to run towards the setting sun
Going down to the end of the land

When it gets out of hand and I beg to disagree
Just what's in it for me?
Get back down to the sea

And then I've got to run to the setting sun
Going down to the end of the land
If I've got to drive all night till the morning light
I'm going down to the end of the land

Going down, going down, going down to the end of the land
Going down to the end of the land

FIN DE LA TIERRA

Cuando tantas exigencias destruyeron mis planes
De camino al fin de la tierra
Si para estar bien debo conducir la noche entera
De camino al fin de la tierra

Cuando se descontrola y no puedo asentir
Pues ¿qué hay para mí?
Me toca embarcar

Entonces debo correr hacia el sol que se pone
De camino al fin de la tierra

Cuando se descontrola y pido disentir
Pues, ¿qué hay para mí?
Vuelve a hacerte a la mar

Y luego debo correr hacia el sol que se pone
De camino al fin de la tierra
Si debo conducir la noche entera hasta el alba
Voy de camino al fin de la tierra

De camino, de camino, de camino al fin de la tierra
De camino al fin de la tierra

SONG OF HOME

Well, it's written in the wind
For the story does begin
I will go back to my kin across the sea
There's a bird that's on the wing and it's flying free
He can hear the song of home endlessly

Well, the further I must go
Then the nearer I must stay
Men have sailed the seven seas to be free
And like that bird that's on the wing and is flying free
He can hear the song of home endlessly

I can see the harbour lights
Hear the foghorns in the night
All up and down the lough, calling

From the rocky shores of Maine
I will sail back home again
Back to where my heart longs to be
And the bird that's on the wing and is flying free
He can hear the song of home endlessly

I can see the harbour lights
Hear the foghorns in the night
Boats up and down the lough, calling, calling

From the rocky shores of Spain
I will sail back home again
Back to where my heart will always be
Just like a bird that's on the wing and is flying free
He can hear the song of home endlessly

He can hear the song of home endlessly
He can hear the song of home endlessly

CANCIÓN DEL HOGAR

Sí, está escrito en el viento
Esta historia da comienzo
Atrás con mis parientes del otro lado del mar
Y un pájaro que vuela libre
Puede oír sin parar esta canción del hogar

Y cuanto más lejos deba ir
Más cerca me quedaré
Hay hombres que surcaron los siete mares por su libertad
Y como el pájaro que vuela libre
Pueden oír sin parar esta canción del hogar

Puedo ver las luces del puerto
Oír las sirenas en la noche
Llamando por toda la ría

Desde las orillas rocosas de Maine
Zarparé de vuelta a casa
De vuelta adonde mi corazón anhela
Y el pájaro que libre vuela
Puede oír sin parar la canción del hogar

Puedo ver las luces del puerto
Oír las sirenas en la noche
De los barcos que llaman por la ría

Desde las orillas rocosas de España
Zarparé de vuelta a casa
De vuelta adonde mi corazón debe estar
Al igual que el pájaro que vuela en libertad
Y puede oír sin fin la canción del hogar

Puede oír la canción del hogar sin parar
Puede oír la canción del hogar sin parar

SOUL

Soul is a feeling, feeling deep within
Soul is not the colour of your skin
Soul is the essence, essence from within
It is where everything begins

Soul is what you've been through
What's true for you
Where you going to
What you're gonna do

Soul is your station or the folk of your nation
Something that you wear with pride
Soul can be your vision or something that is hidden
It's not something that you gotta hide

Soul is what you've been through
And what's true for you
Where you going to
What you're gonna do

Soul can be your station or the folk of your nation
Something that you wear with pride
Soul can be your vision, it can be your religion
Something that you just can't hide

Soul is a feeling, feeling deep within
Soul is not the colour of your skin
Soul is the essence, essence from within
Soul is where everything begins

ALMA

El alma es un sentimiento, un sentimiento muy hondo
El alma no es el color de la piel
El alma es la esencia, la esencia interior
Es donde todo comienza

Es alma todo por lo que pasaste
Lo que para ti es de verdad
Allí adonde vas
Y también lo que harás

El alma es tu estación o la gente de tu nación
Algo que vistes con orgullo
Puede ser tu visión o algo más escondido
Pero nada que debas esconder

Es alma todo por lo que pasaste
Lo que para ti es de verdad
Allí adonde vas
Y también lo que harás

El alma puede ser tu estación o la gente de tu nación
Algo que llevas con orgullo
Puede ser tu visión, hasta tu religión
Nada que escondas sin más

El alma es un sentimiento, un sentimiento muy hondo
El alma no es el color de la piel
El alma es la esencia, la esencia interior
Es donde todo comienza

MYSTIC OF THE EAST

Mystic of the East, mystic from the streets
Mystic with no brief, back here on the street
Mystic out of reach, can't find no reason to speak
I just got in too deep for the mystic of the East

I was deep in the heart of Down
Deep in the heart of Down
Deep in the heart of Down
Deep in the heart

Mystic with no peace, back here in the East
Fed up to the teeth, mystic of the East

I was deep in the heart of Down
Deep in the heart of Down
Deep in the heart of Down
Deep in the heart

Mystic out of reach, can't seem to find my brief
Gone with the wild geese and I've had it up to the teeth
Mystic of the East, back here on the streets
Mystic with no brief, I can't find any reason to speak

Mystic of the East, East, East, East
Back here on the street, back on the street
Back on the street, mystic of the East
Back here on the street, mystic of the East

MÍSTICO DEL ESTE*

Místico del Este, místico de las calles
Místico sin instrucciones, de vuelta aquí a la calle
No veo razón para hablar, místico inalcanzable
Demasiado me impliqué para un místico del Este

Me adentré en el corazón de Down
En el corazón de Down
En el corazón de Down
Bien adentro

Místico sin paz, aquí de nuevo en el Este
Harto a más no poder, místico del Este

Me adentré en el corazón de Down
En el corazón de Down
En el corazón de Down
Bien adentro

Místico inalcanzable, me veo sin instrucciones
Ya estaba hasta el moño y migré con los gansos salvajes
Místico del Este, de vuelta a las calles
Místico sin instrucciones, no veo razón para hablar

Místico del Este, Este, Este, Este
De vuelta aquí a la calle, de nuevo en la calle
De nuevo en la calle, místico del Este
De vuelta aquí en la calle, místico del Este

---

* Se refiere a East Belfast, área que está en el Condado de Down. *(N. del T.)*

Agradecimientos

Quiero expresar mi agradecimiento a Lee y a toda la gente de Faber por su constante apoyo a este libro. Gracias también a Eamonn y a Lisa.

Tampoco puedo olvidar a mi ayudante, Kerry Adamson, que supo atar los cabos sueltos, supervisó las correcciones y consiguió que todo el proyecto concluyera con éxito.

Índice de títulos y primeros versos

(Los títulos aparecen en letra cursiva.)

Alan Watts Blues, 228, 230
All Saints Day, 268
All that trouble, all that grief, 330
All the men would turn their head, 306
All the people were waiting for Crazy Face, 80
Among the rolling hills, 152
And all my love come down, 102
And I take you down to the burning ground, 296, 298
And the Healing Has Begun, 156, 158
And we'll walk down the avenue again, 156

Beautiful Vision, 182
Beautiful vision, 182
Blue Money, 84, 86
Brand New Day, 76, 78
Bright Side of the Road, 148, 150
Brown Eyed Girl, 38
Bulbs, 124, 126
Burning Ground, 296
By the mansion on the hillside, 324

Call of the wildest, it's got the best of you, 292
Celtic Ray, 176
Chamois cleaning all the windows, 106
Choppin' Wood, 328
Cleaning Windows, 186, 188
Cold Wind in August, 138
Come Here My Love, 130
Come here, my love, 130

Comfort You, 128
Coming back from Downpatrick, 242
Coney Island, 242
Crazy Face, 80
Cry for Home, 194
Cul-de-Sac, 132

Dadada da da da, dada da da da, 96
Days Like This, 290
Did Ye Get Healed?, 232
Did you ever hear about the great deception?, 120
Down on Cyprus Avenue, 60
Down the mystic avenue I walk again, 184
Dweller on the Threshold, 178, 180

End of the Land, 346

Fill me my cup, 32
Fire in the Belly, 292, 294
Foghorns blowing in the night, 248
Foreign Window, 216, 218
From the dark end of the street, 148

Gloria, 30
Got to Go Back, 206, 208
Gypsy, 98, 100

Hard Nose the Highway, 114, 116
Have I told you lately that I love you?, 238
Have I Told You Lately that I Love You?, 238, 240

Have to toe the line, I've got to make the most, 258
Heart and soul, 192
Here comes Sue and she looks crazy, 268
Hey, kids, dig the first takes, 114
Hey, where did we go, days when the rains came, 38
High Summer, 324, 326
Higher Than the World, 190
Hymns to the Silence, 270, 272

I Forgot that Love Existed, 224
I forgot that love existed, trouble in my mind, 224
I saw you from a foreign window, 216
I waited for you, 138
I wanna comfort you, 128
I wanna know did you get the feeling, 232
I want you to be around, 94
I'll be waiting, 194
I'm a dweller on the threshold, 178
I'm a songwriter and I know just where I stand, 288
I'm kicking off from centrefield, 124
I'm stranded at the edge of the world, 338
I've been searching a long time, 226
I've been walking by the river, 262
I've Been Workin', 82
I've been workin', 82
I've given you my heart and my soul, 342
In the back room, in the back room, 52
In the cul-de-sac, 132
In the Days Before Rock 'n' Roll, 252, 254
In the Garden, 210, 212
Into the Mystic, 74

Irish Heartbeat, 234
It Fills You Up, 134, 136

Jackie Wilson Said (I'm in Heaven When You Smile), 96
Joe Harper Saturday Morning, 56, 58
Just a closer walk with Thee, 260
Justin, gentler than a man, 252

Kingdom Hall, 140, 142

Like to tell you 'bout my baby, 30
Listen to the Lion, 102, 104
Look at the ivy on the old clinging wall, 112
Lost in a strange city, nowhere to turn, 336

Madame George, 60, 62, 64
Madame Joy, 306, 308
Meaning of Loneliness, 336
Memories, 256
Memories, 256
Moondance, 70, 72
My Lonely Sad Eyes, 32
Mystic Eyes, 34
Mystic of the East, 352
Mystic of the East, mystic from the streets, 352

Naked in the Jungle, 310
Naked in the jungle, naked to the world, 310
No Religion, 286
Not Supposed to Break Down, 302, 304
Now listen, Julie baby, 40

Oh my dear, oh my dear sweet love, 270
Oh the smell of the bakery from across the street, 186
Oh won't you stay, stay awhile, 234
On a golden autumn day, 244
On Hyndford Street, 274, 276

One Irish Rover, 214
One man's meat is another man's poison, 340
One Sunday mornin', 34
Orangefield, 244
Out on the highways and the byways all alone, 322

Pay the Devil, 340
Philosopher's Stone, 322
Philosophy, 36

Rave on, John Donne, rave on, thy holy fool, 196
Rave On, John Donne/Rave On, Part Two, 196, 198, 200
River of Time, 192
Rolling Hills, 152, 154

Saint Dominic's Preview, 106, 108
Say you wanna be in show business, 316
See Me Through, Part Two (Just a Closer Walk with Thee), 260
Send Your Mind, 50
Send your mind, send your mind, 50
She Gives Me Religion, 184
Show Business, 316, 318, 320
Showed me pictures in the gallery, 202
Slim Slow Slider, 66
Slim slow slider, 66
Snow in San Anselmo, 110
Snow in San Anselmo, 110
So glad to see you, 140
So Quiet in Here, 248, 250
Someone Like You, 226
Somerset, 334
Sometimes We Cry, 300
Sometimes we know, sometimes we don't, 300
Song of Home, 348
Songwriter, 288

Soul is a feeling, feeling deep within, 350
Soul, 350
Spanish Rose, 44, 46
Stranded, 338
Street Choir, 88
Street choir, sing me the song for the new day, 88
Summertime in England, 164, 166, 168, 170, 172, 174

T.B. Sheets, 40, 42
Take Me Back, 262, 264, 266
Take me back, take me way, way, way back, on Hyndford Street, 274
Tell me the story now, 214
The Back Room, 52, 54
The fields are always wet with rain, 210
The Great Deception, 120, 122
The photographer smiles, 84
The Story of Them, 24, 26, 28
The Street Only Knew Your Name, 312, 314
The Way Young Lovers Do, 68
The wine beneath the bed, 44
There's something going on, 134
These are the days of the endless summer, 246
These Are the Days, 246
This Has Got to Stop, 342, 344
This is a song about your wavelength, 144
Tir Na Nog, 220, 222
Told you, darling, all along, 36
Too long in exile, 278
Too Long in Exile, 278, 280
Tore Down à la Rimbaud, 202, 204
Tupelo Honey, 90, 92

Warm Love, 112
Wasted years being brainwashed by lies, 282

Wasted Years, 282, 284
Wavelength, 144, 146
We didn't know no better and they said it could be worse, 286
We met deep down in Somerset, 334
We strolled through fields all wet with rain, 68
We were born before the wind, 74
We were standing in the kingdom, 220
We were the war children, 118
Well, I'm higher, 190
Well, I'm taking some time with my quiet friend, 228
Well, it's a marvellous night for a moondance, 70
Well, it's written in the wind, 70
What Makes the Irish Heart Beat, 330
What's Wrong with This Picture?, 332
What's wrong with this picture?, 332
When all the dark clouds roll away, 76
When friends were friends, 24
When I was a young boy back in Orangefield, 206
When it's not always raining, there'll be days like this, 290
When Llewellyn comes around, 176
When that Evening Sun Goes Down, 94
When too many demands have destroyed all my plans, 346
When you thought I was a stranger, 56
Whenever God shines His light on me, 236
Whenever God Shines His Light, 236
Who drove the red sports car from the mansion, 48
Who Drove the Red Sports Car?, 48
Why Must I Always Explain?, 258
Wild Children, 118
Will you meet me in the country, 164

You can make out pretty good, 98
You can take all the tea in China, 90
You Know What They're Writing About, 160, 162
You know, 160
You wired the trains and went back home to St Clair Shores, 328
You're not supposed to be human, 302
Your street, rich street or poor, 312

· ALIOS · VIDI ·
· VENTOS · ALIASQVE ·
· PROCELLAS ·

© Van Morrison, 2014
Foreword © Ian Rankin, 2014
Introduction © Eamonn Hughes, 2014
© Faber&Faber, 2014
© Traducción: Miquel Izquierdo
© Malpaso Ediciones, S. L. U.
c/ Diputación, 327 Ppal. 1.ª
08009 Barcelona
www.malpasoed.com

Título original: *Lit Up Inside. Selected Lyrics with a Foreword by Ian Rankin*

ISBN: 978-84-16420-31-5
Depósito legal: DL B 25153-2015
Primera edición: enero de 2016

Impresión: Novoprint
Maquetación y corrección: Àtona Víctor Igual, S. L.
Imagen de cubierta: © Michael Ochs, 1977

Bajo las sanciones establecidas por las leyes, quedan rigurosamente prohibidas, sin la autorización por escrito de los titulares del copyright, la reproducción total o parcial de esta obra por cualquier medio o procedimiento mecánico o electrónico, actual o futuro –incluyendo las fotocopias y la difusión a través de Internet– y la distribución de ejemplares de esta edición mediante alquiler o préstamo públicos.